gaia

ERIC WALTERS

Eric Walters è canadese, e vive e lavora come insegnante a Mississauga, Ontario. Tutto è iniziato nel 1993. Ai suoi studenti non piaceva leggere, e per stimolarli Eric cominciò a scrivere. Da allora di libri ne ha scritti ben 45. Con i suoi romanzi, apprezzati dalla critica ma soprattutto dai ragazzi, ha vinto numerosi riconoscimenti e ottenuto dall'UNESCO il Premio Internazionale per la Letteratura al Servizio della Tolleranza. I suoi libri sono stati tradotti in francese, tedesco, svedese, norvegese, cinese, olandese, coreano e giapponese.

www.ragazzimondadori.it

Titolo dell'opera originale *Alexandria of Africa*
Prima edizione marzo 2010
Stampato presso ELCOGRAF S.p.A.
Stabilimento di Cles (TN)
Printed in Italy
ISBN 978-88-04-59616-5
Anno 2013 - Ristampa 2 3 4 5 6 7 8

ERIC WALTERS

Alexandria d'Africa

traduzione di Martina Cocchini

MONDADORI

Alla vera Renée, al vero Nebala, a Robin
e a tutte le straordinarie persone di Free The Children,
che ti cambiano la vita

CAPITOLO 1

Mia madre ha provato a sistemarmi il colletto della camicia, ma le ho scostato bruscamente la mano.

— Cerco solo di metterti un po' a posto — si è giustificata, imbarazzata.

— E come vuoi che sia a posto… vestita *così*? — ho replicato. — Sarei stata ben più a posto se non mi avessi scelto tu i vestiti.

L'unica cosa positiva era che nessuno dei miei amici mi avrebbe visto conciata in quel modo: gonna marrone deprimente modello segretaria, camicia bianca con colletto alla Peter Pan, calzamaglia beige e scarpe basse… Che orrore!

Mia madre aveva uno stile classico – che è sempre la cosa migliore – ma un po' superato. Non conosceva le ultime tendenze.

— Stava solo facendo come le ho raccomandato io — è intervenuto il signor Collins, il mio avvocato. — L'aspetto è fondamentale.

Ho sbuffato. Ne sapevo più io dell'aspetto di quanto avrebbe mai potuto sperare di saperne lui.

Che faccia tosta, dire *a me* come vestirmi! Con il suo abito spiegazzato, la cravatta macchiata e la giacca con i risvolti ampi così antiquati che quasi quasi ritornavano di moda. Visto quello che lo pagavano i miei, avrebbe potuto permettersi di vestirsi meglio.

Ho sentito la porta che si apriva e mi sono girata appena in tempo per vedere mio padre precipitarsi in aula. Gentile, da parte sua, aver trovato il tempo di venire.

— Scusate, c'era un traffico pazzesco — ha detto.

"Il traffico è sempre pazzesco quando sali in macchina troppo tardi" ho pensato.

Si è avvicinato e ha dato un bacino a mia madre: davvero fuori luogo. Era da molto prima del divorzio che non li vedevo baciarsi, quindi cosa c'entrava ora? Stavano montando una scenetta per me, o volevano dimostrare a tutti quanto erano disinibiti? *Divorziati, ma amici*. Sembra il titolo della puntata di un talk show.

In ogni caso era sbagliato da molti punti vista, come se una piccola dimostrazione d'affetto bastasse a farmi scordare gli ultimi anni. Le urla, le offese, le minacce e gli oggetti che si lanciavano... No, non avrei dimenticato. Anzi, in realtà sfruttavo ancora quelle armi a mio vantaggio. Un leggero senso di colpa dura a lungo, un forte senso di colpa dura molto di più.

Mia madre non aveva una bella cera: era pallidissima, e mi è sembrato anche di vederla tremare. Aveva un'aria molto fragile.

Se uno non ha mai visto mia madre, non può nemmeno immaginare cosa significhi essere magro. Faceva pena, da quanto era pelle e ossa. Ho sempre pensato che sarebbe bastata una folata di vento per sollevarla e farla volare via.

Mio padre ha dato un'occhiata al Rolex. — Pare che anche il giudice sia rimasto imbottigliato — ha detto. — Pensate che ci farà aspettare ancora a lungo?

— Sarà meglio che si sbrighi. Ho delle cose da fare — ho replicato.

— Evita quell'atteggiamento, signorina — mi ha rimproverato mio padre.

Avrei voluto ribattere che quell'atteggiamento l'avevo ereditato proprio da lui, ma me ne sono stata zitta. Comunque, immagino che la mia espressione dicesse tutto.

— Vedi solo di lasciar parlare il tuo avvocato — ha aggiunto severamente.

— Prima mi dicono come vestirmi, ora non mi lasciano parlare. Posso almeno respirare normalmente?

Mio padre mi ha lanciato un'occhiataccia, e ho capito che avrei fatto meglio a non dire altro.

— È soltanto un po' nervosa — ha osservato mia madre, mettendomi un braccio attorno alle spalle. — Ma non c'è niente di cui aver paura.

— Non sono nervosa, e di certo non ho paura — ho replicato, divincolandomi.

— Forse faresti meglio ad averne, invece — ha detto mio padre. — Siamo in un tribunale, e qui non si scherza.

Mi sono messa a ridacchiare, ma ho smesso subito. Sapevamo tutti che la mia precedente esperienza in tribunale era stata roba da poco, giusto una tiratina d'orecchi. Ai miei era costata tempo e un sacco di spese legali, ma per me non aveva rappresentato altro che un piccolo inconveniente. E questa volta sarebbe stato lo stesso. Non avrei certo passato la vita in prigione per aver rubato un paio di top e una borsetta.

— Sono certa che non ci sia nulla di cui preoccuparsi — ha ribadito mia madre, voltandosi verso il mio avvocato. — Vero?

— Speriamo — ha risposto lui.

— Con quello che costa il suo studio — ha ribattuto mio padre — non mi aspetto una *speranza*, ma una *certezza*.

— Non c'è niente di certo in tribunale. L'esito è nelle mani del giudice. Dovete sperare che sia di buon umore... e che non sia rimasto intrappolato nel traffico.

— Sono sicura che andrà tutto bene come l'altra volta, tesoro — ha cercato di confortarmi mia madre.

— Temo che il problema potrebbe essere esattamente quello — ha obiettato il signor Collins. — I giudici di solito sono piuttosto comprensivi la prima volta che ci si presenta davanti a loro, ma non penso che il signor Roberts sarà contento di rivederti in aula così presto. A volte hanno l'impressione che non sia solo un'infrazione della legge, ma una provocazione nei loro confronti. La prendono molto sul personale.

— Come fa a prenderla sul personale? — ho domandato. — Non li ho mica rubati a lui i vestiti. — "A meno che sotto quella toga nera non si vesta di pizzo" ho pensato.

— L'hai provocato non rispettando i termini della libertà vigilata — ha risposto l'avvocato. — Potrebbe avere la sensazione che tu gli abbia sostanzialmente mentito.

— Mentito? E come avrei mentito?

— Gli avevi dato la tua parola, assicurandogli che non avresti più infranto la legge. E invece eccoti qui, a meno di due mesi di distanza, ancora una volta davanti a lui.

— Ma servirà il fatto di essersi dichiarata colpevole nell'esame preliminare, vero? — ha chiesto mia madre.

— Questo certamente significa che è pronta ad assumersi la responsabilità del suo crimine.

— Crimine? Ma io non ho ammazzato nessuno, ho solo preso delle cose, anzi, delle *cosine*.

— Di solito i giudici non considerano "cosine" l'infrazione della legge e la violazione della libertà vigilata. Tendono a prendere la legge piuttosto sul serio, ed è la ragione fondamentale per cui hanno scelto quel mestiere.

— Mi sono anche offerta subito di pagare — ho replicato. — Ho tirato fuori i soldi dalla borsa, ma quelli del negozio non li hanno voluti.

— I negozi di solito funzionano in base al principio che i prodotti si pagano di propria spontanea volontà, non che ci si offre di pagarli se si viene sorpresi a portarli via. Strano, no?

Mancava solo la predica del mio avvocato! A proposito, dov'era il mio vero legale? Perché c'era questo tizio al posto di quello che mi aveva assistito la prima volta? Era davvero troppo giovane per essere un avvocato. E come poteva essere in gamba se non riusciva nemmeno a permettersi delle scarpe o dei vestiti decenti?

— Sappi che potrebbe essere una cosa seria — mi ha detto.

— Sarà anche seria — sono sbottata — ma cosa può fare il giudice, sbattermi in prigione?

È calato un silenzio imbarazzante, e ho sentito un brivido corrermi lungo la schiena. Ho guardato prima mia madre, poi mio padre: avevano entrambi gli occhi rivolti al pavimento.

— Non mi può mandare in prigione... no? — ho insistito.

L'avvocato ha sorriso. — Certo che no.

Ho tirato un sospiro di sollievo: che stupida ero stata a pensare una cosa del genere.

— Il carcere è solo per i delinquenti adulti. Ti manderebbe in riformatorio.

L'angoscia mi ha travolto di nuovo, e peggio di prima.

— Ci potrebbe spiegare, per cortesia, cosa si intende per riformatorio? — ha domandato mio padre.

— È una sistemazione sicura per persone che hanno commesso crimini, ma non raggiungono l'età per essere collocate in una struttura per adulti, vale a dire in galera.

— Cosa significa, sistemazione *sicura*? — ho chiesto.

— Porte chiuse a chiave, sbarre alle finestre, stanze blindate.

— Ma ha tutta l'aria di essere una prigione!

— Lo è — ha risposto il signor Collins. — Una prigione per ragazzi. Celle, guardie, niente oggetti personali, naturalmente nemmeno i telefonini. — E ha indicato la mia borsetta.

Mi aveva fatto spegnere il cellulare dato che aveva suonato a lungo mentre aspettavamo di entrare in tribunale. Era forse colpa mia se ero così popolare?

— Divideresti la stanza con altri due o tre prigionieri — ha continuato.

— Starei con dei prigionieri? — ho chiesto, senza fiato.

— *Saresti* una prigioniera.

— Signor Collins, non sarà un po' eccessivo? — è intervenuta mia madre.

Lui ha scosso la testa. — È così che si chiamano. Le persone detenute sono prigionieri. Le stanze hanno quasi tutte uno o due letti a castello e un bagno di uso comune in un angolo.

— Il bagno è dentro la stanza? Ma è, è... *disgustoso*!

— E naturalmente viene fornita un'uniforme standard a ogni detenuto.

— Vuol dire che non potrei mettere i miei vestiti? — ho chiesto con un filo di voce. — E come mi vestirei?

— Tutti indossano un'uguale tuta da ginnastica.

— Ma le tute da ginnastica non se le mette più nessuno! Sono preistoriche!

— Così si vestono: in tuta arancione.

— Oddio, sto malissimo con l'arancione! Tutti stanno malissimo con l'arancione! — ho esclamato. Ho visto che al mio avvocato cominciavano a fremere le labbra.

Ero sul punto di scoppiare in lacrime, lacrime vere, non come quando provo a ottenere una cosa “a modo mio”!

— Per favore, signor Collins, la smetta — ha detto mia madre, passandomi il braccio attorno alle spalle. E questa volta non l’ho scostato.

— È mio dovere farvi sapere cosa potrebbe succedere — ha replicato lui.

— Ma la sta spaventando!

— Eppure la detenzione è una possibilità.

— Quanto possibile? — ha chiesto mio padre.

— È difficile a dirsi.

— Mi faccia una stima. Che possibilità ci sono che debba finire in carcere?

— Mmm… detesto fare pronostici… Forse meno del dieci per cento.

— Mi piace questa cifra — ha risposto mio padre. — Accetto sempre un affare quando la probabilità di riuscita è del novanta per cento.

All’improvviso era diventato un “affare”? Non sapevo se sentirmi offesa o lusingata: in fondo ero consapevole di quanto gli affari significassero per lui.

— E se tutto andasse male e fosse spedita in prigione, di che tempi si parlerebbe? — ha chiesto ancora mio padre.

— Esistono delle indicazioni stabilite per ogni reato, tuttavia il giudice ha una certa discrezionalità.

— Cosa ci dovremmo aspettare nel peggiore dei casi?

— Fino a sei mesi.

— Sei mesi! — ho esclamato, saltando in piedi. —

Ma è pazzesco! Per un paio di cose! Non ho mica ucciso nessuno. Dirò al giudice che non lo farò più.

— Disgraziatamente gliel'hai già detto l'ultima volta — ha commentato il signor Collins.

— In ogni caso calmati — mi ha consigliato mio padre. — Non ti puoi far saltare i nervi. La gente fiuta la paura, quando si tratta di affari.

— Ma qui si tratta della mia vita, non di affari! — ho protestato.

— Tutto si riduce ad affari. E poi non stiamo parlando di quel che succederà, ma di quel che *potrebbe* succedere.

— Tu però non lascerai che mi mandino in riformatorio, vero, papi? — l'ho implorato.

— Tuo padre ha ben poca voce in capitolo in questo caso — ha risposto l'avvocato prima che papà potesse parlare.

— Comunque, sei mesi per un furto in un negozio è una cosa senza senso — ha commentato mia madre.

— Non sarebbe solo per furto in un negozio, comprenderebbe anche l'accusa di violazione della libertà vigilata e il ripristino dell'imputazione originale di vandalismo.

— E le sembra giusto? — ho protestato. — Ho persino pagato per ripararle la macchina.

— È tuo padre che ha pagato — ha specificato lui. — E resta il fatto che hai colpito una macchina con una mazza da golf, hai procurato danni per migliaia di dollari e con il tuo attacco isterico hai terrorizzato la ragazza che c'era dentro.

Ehi, non era un attacco isterico. Si trattava di un regolamento di conti, di riottenere una cosa, di impedire che qualcuno si portasse via una cosa. Al ricordo mi è venuto da sorridere. Se le meritava proprio quelle mazzate sulla macchina. Ora quella stronzetta ci avrebbe pensato su due volte prima di cercare di rubare il ragazzo di un'altra.

— Molto dipenderà dalla relazione sull'esame preliminare stesa dall'assistente sociale nominata dal tribunale — ha spiegato il signor Collins.

— Lei ha visto quella relazione? — ha chiesto mio padre.

— È riservata al giudice. — Poi l'avvocato si è voltato verso di me: — Hai idea di cosa possa contenere?

— Perché dovrei?

— Perché l'assistente sociale ha interrogato te. Tu eri lì.

— Certo che c'ero — ho detto in tono secco.

— Allora, com'è andata?

— Bene… credo.

— Credi? — ha chiesto mio padre.

— Be', lei era in ritardo e io avevo un appuntamento dal parrucchiere, non potevo perdere tempo. — Mi sono voltata verso mia madre: — Sai quanto è difficile fissare un appuntamento con Henri, e come si arrabbia se arrivi con un minuto di ritardo.

— Sì, può avere un bell'attacco di nervi — ha confermato lei.

— Per favore, non mi dire che hai saltato il colloquio

per un taglio di capelli! — ha esclamato il signor Collins.

— Primo: si trattava di una *messa in piega* e non di un *taglio*.

Stavo per fare un commento sul fatto che lui avrebbe avuto disperatamente bisogno di un buon parrucchiere – a quanto pareva, si tagliava i capelli da solo – ma sarebbe stato fuori luogo.

— Secondo: ho fatto il colloquio.

L'avvocato ha tirato un sospiro di sollievo.

— Ma mi sono rifiutata di rispondere ad alcune domande.

Il suo sguardo sconvolto mi ha lasciato sgomenta.

— Be', alcune erano così personali che ho pensato: ma chi si crede di essere? E poi che diritto aveva di fare *a me* delle domande?

— Aveva il diritto di chiederti tutto quello che voleva — ha replicato lui. — Era autorizzata dal tribunale. Ti ha fatto le domande a cui il giudice voleva che tu rispondessi!

— Ma il problema non erano solo le domande — ho aggiunto. — Era il modo in cui le poneva: è stata davvero cafona. E aveva un atteggiamento…

— Aveva un atteggiamento… *lei*? — ha ribattuto il signor Collins.

Ho capito cosa stava insinuando, ma ho deciso di ignorarlo dimostrando una certa classe.

— Sì, che faccia di bronzo! Una che si veste ai grandi magazzini, a cui non passa neanche per l'anticamera del cervello di intonare le scarpe con la borsetta, pensa di potersene stare lì a giudicarmi!

Il signor Collins ha appoggiato la testa sul tavolo. Che scarsa professionalità! Per non parlare del fatto che quell'angolazione faceva sembrare ancora meno attraenti i suoi capelli. Sorvoliamo sul parrucchiere, ma anche solo uno shampoo non gli avrebbe fatto male.

La porta accanto al banco si è aperta di scatto ed è entrato un uomo robusto in uniforme.

— In piedi, entra il giudice Roberts!

CAPITOLO 2

Quando il giudice è entrato nella stanza, ci siamo alzati tutti. Al suo seguito venivano un altro uomo in uniforme, un signore in giacca e cravatta e una donna che la moda non sapeva nemmeno dove stesse di casa. Portava le scarpe più brutte che avessi mai visto e una gonna che non c'entrava nulla con la camicia. Se essere vestiti da schifo fosse un reato, quella tizia sarebbe stata in tribunale per tutt'altra ragione. Si è diretta a un tavolo nell'angolo. Era la cancelliera: la sua funzione era prendere appunti e cose così.

Il giudice ha preso posto dietro l'alto banco di legno.

— Sedetevi, prego — ha detto.

Io e il mio avvocato ci siamo sistemati al tavolo e i miei si sono messi appena dietro di noi. L'uomo in giacca e cravatta si è accomodato al tavolo di fianco, mentre i due tipi in uniforme stavano in piedi uno alla destra e uno alla sinistra del giudice, come se gli facessero da guardia. Forse qualcuno temeva che lo aggredissi?

— La seduta è aperta — ha detto la cancelliera. — Il nostro primo caso riguarda un'accusa di furto fino a cinquecento dollari, taccheggio e violazione della libertà vigilata a carico dell'imputata Alexandria Hyatt.

— Il nome mi suona familiare — ha mormorato il giudice, ancora concentrato sulle carte che aveva davanti.

Effettivamente, di solito ero una che restava impressa.

— ... E non è una buona cosa — ha aggiunto, sollevando lo sguardo e fissandomi dritto in faccia.

Il mio avvocato si è alzato in piedi. — Avvocato Collins, difensore della signorina Hyatt.

— Se non sbaglio, lei non è il legale che compare nel verbale relativo alla precedente accusa a carico della signorina Hyatt.

— No, era il signor Kruger, il socio anziano del nostro studio.

— Sì, ricordo quella peculiarità — ha detto il giudice Roberts. — Un socio anziano di un importante studio legale che difendeva una minore incensurata.

— Il padre dell'imputata e le sue *holding* sono tra i clienti più importanti del nostro studio, ed era stato lui a richiedere che l'avvocato Kruger fosse presente all'udienza — ha spiegato il signor Collins.

— Dev'essere bello avere così tanta influenza — ha osservato il giudice guardando mio padre.

Sapevo che questo l'avrebbe fatto felice.

— Ma non abbastanza, ovviamente, per convincerlo a comparire una seconda volta — ha aggiunto.

Questo a mio padre non sarebbe piaciuto. Avrei voluto girarmi per vedere la sua faccia. Era raro che qualcuno gli parlasse con quel tono... A dire la verità, lo faceva solo mia madre, e comunque prima del divorzio.

— Sfortunatamente il signor Kruger non ha potuto partecipare — ha spiegato il mio avvocato. — Al momento si trova a Hong Kong, dove si sta occupando di una delicata negoziazione per conto del padre della signorina Hyatt.

— Dunque il signor Hyatt ha preferito assicurarsi che ci si occupasse dei suoi affari, piuttosto che di…

Il giudice ha lasciato la frase in sospeso, ma sapevo cosa intendeva dire: piuttosto che di sua figlia. Non ci avevo pensato.

— Signor Collins, posso domandarle da quanto è socio dello studio?

— Non sono socio, Vostro Onore — ha risposto lui sorridendo. — Sono uno degli avvocati più giovani.

— Sono allibito! — ha esclamato il giudice con un'espressione e un tono tutt'altro che allibiti. Sembrava piuttosto divertito.

Forse questo avrebbe potuto giocare a mio vantaggio: un giudice di buon umore non poteva che essere una cosa positiva.

— E gli altri soci senior, gli associati e i collaboratori l'hanno seguito in viaggio?

— Mmm… no, signore.

— E non si è domandato come mai l'*onore* di difendere la signorina Hyatt sia spettato proprio a lei? — l'ha incalzato.

— No, signore. Mi è stato richiesto da un superiore.

— Ossia praticamente chiunque dello studio, eccezion

fatta, forse, per gli addetti alla corrispondenza e il ragazzo del caffè. Signor Collins, le suona familiare il termine "agnello sacrificale"? O forse l'espressione "ambasciator non porta pena"?

— Sì, entrambi, Vostro Onore. La seconda deriva dal timore che l'incaricato di riportare una cattiva notizia possa essere ritenuto in qualche modo responsabile del contenuto del messaggio, e dunque punito. Sostanzialmente diventa l'agnello sacrificale. Ma non vedo come questo si possa applicare alla mia persona.

— Può darsi che lo scopra presto. Si sieda.

L'avvocato si è seduto di nuovo di fianco a me. Non avevo idea di cosa potesse significare tutto ciò, ma avevo l'impressione che il giudice Roberts non fosse meno stupito del signor Collins di quanto non lo fossi io.

In ogni caso, il suo comportamento era piuttosto bizzarro. Non era certamente come lo ricordavo dalla prima volta che ero stata lì. E aveva qualcosa di strano negli occhi...

— Forse prima di proseguire dovrei scusarmi per il ritardo. Personalmente detesto essere costretto ad aspettare, e considero il massimo della non professionalità costringere altre persone a farlo.

— Non c'è problema — gli ho detto con un sorriso.

— Gentile da parte sua, signorina Hyatt. Ero particolarmente preoccupato di dover far aspettare *lei*.

— Me?

— Sì, temevo che dovesse andar via... com'è accaduto, a quanto pare, durante la stesura del rapporto sull'esame preliminare.

Ho deglutito: non era un buon segno.

— Ricordo inoltre che alla sua ultima comparizione sembrava un po' distratta, o potrei azzardarmi a dire… annoiata?

— Annoiata no — ho risposto. — Anche se forse le cose sarebbero potute andare un po' più alla svelta.

— Le chiedo scusa. Farò del mio meglio per procedere in fretta e mi assicurerò che questa volta non si debba annoiare.

Il suo tono di voce e quello scintillio negli occhi mi facevano quasi paura.

— Volevo solo assicurarmi che non le stessi impedendo di fare cose più importanti, per esempio andare dal parrucchiere.

Quella donna doveva averne parlato nel rapporto.

— A proposito, ha un'acconciatura fantastica! Complimenti al parrucchiere.

— Grazie.

Quella mattina ci avevo impiegato più di un'ora a sistemarli. Se non potevo vestirmi come volevo, almeno i capelli dovevano essere a posto. Era stato gentile a notarlo.

— Avvocato Collins, forse potrebbe farsi passare dalla signorina Hyatt il nome del suo parrucchiere.

— Temo non accetti nuovi clienti — ho replicato. — È piuttosto esclusivo.

— Ma che peccato! Il povero signor Collins sarà

costretto a rassegnarsi a quell'aria di chi è molto più preoccupato per ciò che sta *dentro* la testa, piuttosto che per ciò che ci sta *sopra*. Immagino che non l'abbiano mai accusata di nutrire questa preoccupazione, signorina Hyatt.

— No — ho confermato. Non mi era chiarissimo cosa intendesse dire, però concordavo sulla considerazione riguardo alla pettinatura del mio avvocato.

— Ma tornando al mio ritardo, il motivo è che sono dovuto andare dal medico.

Ha abbassato leggermente la toga mostrando un grosso collare bianco. Lo avevo notato, ma avevo pensato che indossasse una sciarpa. E invece era una di quelle cose che si usano per le lesioni al collo… il colpo di frusta… o qualcosa del genere.

— Ho avuto un colpo di frusta — ha spiegato.

— Esatto! — ho esclamato senza pensarci su.

— Il mio medico sarà entusiasta di sapere che lei ha approvato la sua diagnosi. Ha mai avuto un colpo di frusta, signorina Hyatt?

Ho scosso il capo, ma poi mi sono fermata. Forse sarebbe stato come dire: "Io sì che posso muovere la testa."

— Nessuno di voi l'ha mai avuto? — ha chiesto di nuovo il giudice.

Scuotimento di teste generale.

— Siete tutti molto fortunati. Non è piacevole, anzi, direi che fa piuttosto male. Se non avessi preso delle medicine, avrei un dolore terribile.

Ha sollevato un flacone di pillole e l'ha agitato.

— E ora condividerò con voi la storia di come mi sono provocato la lesione. È assai istruttiva.

Ha fatto una pausa e ha guardato me.

— Signorina Hyatt, non la starò annoiando?

— No.

In effetti si stava facendo un po' lunga, ma non avrei detto niente, non ero né stupida né maleducata.

— Bene. Ero da solo in macchina, quando ho commesso il terribile errore di fermarmi a un semaforo rosso. In che senso "un errore"? potreste chiedervi. Nel senso che l'automobile dietro di me ha scambiato la luce rossa per un mero suggerimento, ed è venuta a sbattere contro di me.

— Ma è terribile — ho commentato.

— È gentile da parte sua. Per dirla tutta, non è che chi stava alla guida abbia deciso coscientemente di attraversare con il rosso. La signorina sapeva senza dubbio che rosso significa "stop" e verde "avanti", ma non deve aver visto il semaforo, oppure la mia macchina che si fermava. In realtà era occupata con quello che i miei figli chiamano *multitasking*, ovvero fare molte cose contemporaneamente. Signor Hyatt, un affermato uomo d'affari come lei dev'essere molto abile in questo tipo di pratica.

— È una caratteristica essenziale di un buon amministratore delegato.

— Quindi pare che io sia stato tamponato da una futura amministratrice delegata, perché questa signorina, oltre a guidare, parlava al cellulare e, particolare davvero sorprendente, si tingeva le unghie!

Non mi sembrava così sorprendente. Tutte quelle che conoscevo usavano ormai le unghie finte. Mettersi lo smalto era davvero di pessimo gusto!

— E tutto ciò alla tenera età di sedici anni, alla guida della costosissima auto del padre. Lei usa la macchina di suo padre, signorina Hyatt?

— La mia cliente ha solo quindici anni — ha obiettato il signor Collins.

— So quanti anni ha la sua cliente, avvocato. Questo rapporto dice tutto — ha replicato il giudice, sollevando alcune carte. — La mia domanda è: ha mai guidato la macchina di suo padre?

— Be'...

— La faccio guidare nei parcheggi — è intervenuto mio padre saltando in piedi. — Cerco solo di fare di lei un'autista migliore, non una di quelle che si scontrano con le macchine dei giudici. Fra poco compirà sedici anni.

— E guiderà la sua macchina — ha concluso il giudice Roberts. Ha fatto una pausa, prima di aggiungere: — O gliene comprerà una?

— Be', non lo escludo.

Io sapevo che non lo escludeva affatto, anzi, era garantito al cento per cento. La mattina del mio compleanno mi aspettavo un'automobile alla fine del vialetto che conduce al garage. Avevo preso lezioni di guida, avevo già passato un bel po' tempo al volante e ormai guidavo discretamente.

— Dunque, per tornare alla mia storia, questa signorina mi ha tamponato, e sapete qual è stata la sua massima preoccupazione? Con l'airbag, che probabilmente le ha evitato di farsi male, si era rotta gli occhiali da sole... gli occhiali da sole di *Versace*.

Comprendevo perfettamente il suo dolore.

— Lei ha occhiali da sole di *Versace*, signorina Hyatt?

Ho scosso la testa. Non mi piaceva quella linea. Ne avevo un paio di Gucci e uno graziosissimo di Chanel. Mi stavano così bene!

— Magari sua madre potrebbe comprarglieli, da usare con la macchina nuova. Ma sto divagando. Il punto è che questa signorina non era preoccupata per il fatto che mi fossi ferito, che due macchine fossero andate distrutte o che delle vite avessero corso seri rischi. Fatta eccezione per il dolore dovuto agli occhiali rotti, non mostrava alcun segno di rimorso o di preoccupazione. Nessuno!

Alla fine della frase stava praticamente urlando, cosa che mi ha allarmato un po'.

— E sapete perché ho deciso di raccontarvi questa storia?

Ho scosso nuovamente la testa. Non ne avevo idea, ma dovevo ammettere che non era stato noioso.

— Per questo rapporto — ha detto sbattendolo sul banco. — Lei, signorina Hyatt, non sente alcun rimorso!

Il signor Collins è saltato in piedi. — Vostro Onore,

la mia cliente è disposta a dichiararsi colpevole, si è offerta di ripagare la merce e sta malissimo per quel che...

— Avvocato, si sieda! Sa perfettamente che la sua cliente sta malissimo solo all'idea di venir messa in prigione. Lei è qui per parlare per conto della signorina Hyatt, non per arrischiare dichiarazioni false a cui non crede nessuno.

Il signor Collins si è seduto docilmente.

— Il rapporto afferma anche che è stata espulsa da tre scuole private.

— Ma si sta comportando molto bene nella nuova — è intervenuta mia madre.

— Ah, sì? E da quanto la frequenta?

— Da quasi due mesi — ha risposto lei timidamente.

— Questo sì che è un bel risultato! Bisogna organizzare una parata e proclamare una festa nazionale!

— Non c'è bisogno di usare quel tono, né di avere quell'atteggiamento! — ha protestato mio padre.

Il giudice ha sbattuto la mano sul banco. Io ho fatto un salto e mia madre ha lanciato uno strillo.

— Signor Collins, avvisi per favore il padre della sua cliente che può tenere i suoi commenti per sé. Altrimenti verrà condotto fuori dall'aula o sarà accusato di oltraggio alla corte.

— Be', se questa non è...

— Mi scuso da parte del signor Hyatt — ha detto prontamente l'avvocato, voltandosi a guardare mio padre e facendogli segno di stare calmo e zitto.

— Ora, per tornare al motivo della nostra piccola riunione, signorina Hyatt, lei ammette tranquillamente di aver rubato quegli articoli, giusto?

— Sì.

— Questo è apprezzabile. È una ladra, ma non una bugiarda. Buon per lei. E il rapporto afferma che, al momento dell'arresto, aveva più di quattrocento dollari in borsa. Deve svolgere un lavoro molto remunerativo.

Ho scosso la testa. — Non lavoro da nessuna parte, ho solo quindici anni.

— E allora come mai aveva così tanti soldi? Spaccia droga?

— Vostro Onore, obie…

— Signor Collins, non pensavo davvero che la sua cliente potesse essere una spacciatrice. Vendere droga implicherebbe un'attività lavorativa. Ero solo curioso di sapere come si fosse procurata una tale somma di denaro.

— È la mia paghetta.

— Una paghetta di quattrocento dollari?

— No, quelle erano due settimane — ho specificato.

— *Solo* duecento dollari alla settimana, e tira avanti con quello?

Avrei giurato che mi stava prendendo in giro. Doveva proprio scocciargli non poter essere altrettanto generoso con i suoi figli. In fondo, quanto poteva portare a casa un giudice? Certo non tutti i soldi che guadagnava mio padre.

— Quindi la domanda a cui vorrei che rispondesse

è molto semplice. Se aveva quei soldi, e sapeva che li avrebbe ricevuti ogni settimana, per quale ragione non ha semplicemente pagato gli articoli che ha rubato?

Mi sono stretta nelle spalle.

— Non è esattamente una risposta esauriente. Ci pensi un po' su, perché questa, signorina Hyatt, sarà forse la risposta più importante che avrà dato nella sua, pur breve, vita. Perché ha deciso di rubare quegli articoli?

— Be'...

— Be' cosa?

— Be', immagino che... semplicemente li volevo.

— Ma perché non li ha pagati? I soldi li aveva.

— Forse non volevo pagarli.

— E suppongo che lei sia abituata a ottenere sempre quello che vuole, giusto?

— Direi di sì, la maggior parte delle volte.

— Quindi oggi, per lei, sarà un po' uno shock, signorina Hyatt. Per citare quell'eminente filosofo, nonché mito del rock and roll, il signor Mick Jagger, *you can't always get what you want, but sometimes you get what you need*: non puoi avere sempre quello che vuoi, ma a volte puoi avere quello di cui hai bisogno.

L'ho guardato perplessa. Che razza di giudice si mette a citare cantanti rock? Avevo come l'impressione che avesse alzato un po' il gomito, e poi aveva uno sguardo quasi selvaggio.

— Se consideriamo i suoi crimini precedenti, la violazione della libertà vigilata, le nuove accuse e il fatto che è stata espulsa da varie scuole, emerge un quadro coerente. In questo tribunale i soldi non possono comprare la giustizia, né hanno alcuna influenza. Si rende conto di dove vado a parare, signorina Hyatt? Ha anche solo una pallidissima idea di cosa stia per succedere? È consapevole che sta per pagare le conseguenze delle sue azioni?

— Boh — ho mormorato.

— Che sorpresa, questa risposta. È la stessa che ha dato a dodici domande diverse in questo rapporto. È la risposta di una persona a cui non interessa nulla, o che non è abbastanza intelligente da capire la situazione. Non sarà per caso stupida, signorina Hyatt?

— Non può rivolgersi così a mia figlia! — ha tuonato mio padre.

— In quest'aula posso parlare a chiunque come desidero. Agente, se quell'uomo apre di nuovo bocca, foss'anche per respirare, le ordino di farlo uscire dall'aula e sistemarlo in una cella di detenzione provvisoria!

Mio padre ha chiuso la bocca di scatto e se n'è stato zitto. Sembrava intimidito, anzi, era proprio spaventato. Non lo avevo mai visto con un'espressione del genere.

— È arrivato il momento che qualcuno le parli in questo modo — ha detto il giudice. — È arrivato il momento che qualcuno parli chiaro a questa famiglia disastrata. Sfortunatamente, da un punto di vista tecnico, solo uno di voi, oggi, è davanti alla corte, e farò a quella persona un immenso favore.

Un favore... mi avrebbe fatto un favore?

— Signorina Hyatt, si alzi in piedi.

Mi sono alzata.

— Signorina Hyatt, per questa accusa, per la violazione della libertà vigilata e per il ripristino dell'imputazione originale, la condanno alla detenzione in un riformatorio per un periodo di centoventi giorni.

— Cosa? — ho mormorato, incredula. — Ma... ma ha detto che mi avrebbe fatto un favore.

— Mi creda, glielo sto facendo. È esattamente ciò di cui ha bisogno.

— No — ho detto, scuotendo la testa. — Non ne ho bisogno e non ci andrò. Tornerò a casa immediatamente.

Ho fatto per alzarmi, ma il signor Collins mi ha afferrato per un braccio, trattenendomi. Ma insomma, da che parte stava?

— Mi lasci! — ho strillato. — Non può toccarmi!

Ha mollato la presa.

— E lei non può dirmi cosa fare! — ho urlato al giudice. — Non è mio padre, né mia madre!

Lui si è messo a ridere. — A quanto pare, nessuno è stato per lei un genitore. Bene, per la prima volta nella sua preziosa vita, le verrà dato finalmente quello di cui ha bisogno, invece di quello che vuole. Agente, allontani la signorina Hyatt dall'aula e la sistemi in una cella di detenzione provvisoria.

CAPITOLO 3

Mi sono seduta sul letto, sempre che quel sottile pezzo di materiale bitorzoluto sulla superficie di metallo si potesse definire "letto". Tenevo le braccia attorno alle ginocchia e me le stringevo al petto, continuando a dondolarmi avanti e indietro. Avevo cercato di smettere, ma non c'ero riuscita. Finalmente non piangevo più. Avevo gli occhi gonfi e il naso tappato, grazie a Dio: almeno mi impediva di sentire l'odore di quell'orribile gabinetto. Stava lì, in un angolo della stanza, a fissarmi. Non m'importava quanto avessi bisogno di andarci, non avrei mai usato quella roba! Avrei semplicemente aspettato di tornare a casa e... *Casa*... Ho sentito le lacrime premere di nuovo per uscire.

— Signorina Hyatt?

Ho sollevato lo sguardo. Al di là delle sbarre c'era il signor Collins. Vederlo mi ha sollevato così tanto che mi è venuta voglia di precipitarmi da lui e... Ma al suo fianco è apparso quel gorilla immondo di un agente. Aveva una benda su una guancia, nel punto dove l'avevo graffiato a sangue. Aveva vinto lui, ma avevo lottato, e quei segni lo dimostravano! Ero solo dispiaciuta perché, durante la zuffa, mi era venuta via una delle mie costose unghie di *gel seta*. Un'altra cosa da aggiungere in fattura, quando avessimo fatto causa a quella gente!

— Tutto bene? — mi ha chiesto l'avvocato.

— Le sembra che stia bene? — ho replicato, e poi ho morso forte l'interno della bocca per trattenere le lacrime.

Mi sono alzata lentamente, reggendomi al letto con una mano per mantenere l'equilibrio. La stoffa ruvida dei pantaloni che mi avevano dato sfregava contro le gambe tremolanti.

— Quelle donne di guardia mi hanno preso i vestiti — ho piagnucolato.

— Non c'era scelta — ha detto l'agente. — La gonna aveva una cintura.

— E cosa c'entra questo? — ho chiesto. — In quel completo serve una cintura per spezzare...

— Volevano che non avessi nulla per impiccarti — ha spiegato il signor Collins.

— Impiccarmi? Cosa gli ha fatto pensare che volessi impiccarmi? — Naturalmente qualcuno aveva ritenuto che avrei potuto farlo. — Be', e i trucchi? Mi hanno tolto anche quelli. Pensavano che mi sarei trafitta con l'eyeliner?

— Non è consentito tenere oggetti personali — è intervenuto l'agente.

— Devo essere orrenda — mi sono lamentata.

Nessuno dei due ha replicato, il che mi è sembrato una risposta sufficiente. Nella cella non c'era uno specchio

– e quella sì che era una punizione crudele – ma sapevo che il trucco doveva essermi colato lungo le guance insieme alle lacrime. Detestavo avere quell'aspetto, ma detestavo quasi altrettanto l'idea che si vedesse che mi avevano fatto piangere.

— Non possiamo fare niente per il tuo aspetto — ha detto l'avvocato — ma possiamo fare qualcosa di più importante.

L'agente ha tirato fuori le chiavi e ha aperto la cella.

— Vado a casa?! — ho esclamato. Non ci potevo credere.

— Stiamo andando a una riunione per discutere sulla possibilità che tu torni a casa — ha spiegato il signor Collins.

— *Lui* ci sarà? — ho chiesto, indicando l'agente.

— Ti scorterà fino alla stanza della riunione e ti terrà d'occhio.

— Se viene *lui*, non vengo *io*.

— Per me va bene — ha detto l'agente, e ha richiuso la porta con un fracasso tremendo.

— Aspettate! — ho urlato. — Se non vengo alla riunione, cosa ne sarà di me?

— È semplice: resterai qui fino a quando non avranno organizzato il trasferimento in un centro di detenzione, e lì comincerai a scontare la pena — ha dichiarato l'avvocato.

— E se vengo?

— Potresti tornare a casa.

— Potrei… davvero?

— Naturalmente dipende anche dal fatto che siano state aggiunte o meno accuse a tuo carico.

— Di cos'altro mi possono accusare se sono rimasta chiusa in questa cella?

— Di resistenza all'arresto e aggressione all'agente, per esempio — ha risposto il signor Collins.

— Ma è stato lui a cominciare!

— L'agente stava eseguendo un ordine della corte, era autorizzato a portarti nella cella di detenzione provvisoria. Ecco spiegata, in parte, l'importanza della sua presenza in questa riunione. La decisione di insistere sull'accusa di aggressione è sua e soltanto sua.

Ero spacciata.

— E ha deciso che non insisterà perché ti si accusi.

— Davvero?

— Davvero — ha confermato l'agente.

— Il che è piuttosto generoso da parte sua — ha aggiunto il signor Collins. — Sono sicuro che se si trattasse di me e della mia faccia, vorrei che ti punissero con il massimo della pena.

— Non dovrebbe dire cose del genere! Lei è il mio avvocato! — ho protestato.

— Sono qui per fare il tuo interesse e comincio a essere d'accordo con il giudice: può darsi che, ora come ora, il modo migliore per fare il tuo interesse sia lasciarti in detenzione per un periodo.

— Pensa che dovrei essere messa in carcere?

— La giuria è ancora riunita per decidere. In ogni caso, hai intenzione di venire o no?

— Ci sto pensando.

— Pensaci su quanto vuoi. Ma secondo me dovresti pensare piuttosto che tutti noi torneremo a casa stasera — ha aggiunto.

Mi sono sentita come se mi avessero buttato in faccia un bicchiere d'acqua gelida.

— D'accordo, vengo.

L'agente ha aperto di nuovo la porta. Sono uscita e ho respirato profondamente: sembrava che l'aria, dall'altra parte delle sbarre, fosse migliore.

Il signor Collins conduceva il gruppo, io lo seguivo e l'agente camminava dietro di me. Abbiamo percorso un lungo corridoio con celle da entrambi i lati. Si sentivano conversazioni a voce alta, gente che rideva o che piangeva, imprecazioni e urla. Mentre passavamo, ho osato lanciare un'occhiata dentro una cella: era piena di detenute. Per lo meno mi avevano dato una cella privata.

Siamo saliti in ascensore e ci siamo ritrovati in un tranquillo corridoio con il pavimento di moquette e le pareti di legno. Mi sembrava di essere passata dall'inferno a un hotel, un bell'hotel peraltro.

Il signor Collins ha aperto una porta e mi ha fatto segno di entrare. Ho messo un piede dentro e…

— Alexandria! — ha urlato mia madre, e si è fiondata su di me gettandomi le braccia al collo.

Ho affondato il viso nella sua spalla, e mio padre ci ha stretto entrambe.

— Per favore, potrebbero sedersi tutti? — ha invitato il signor Collins.

Mi sono sciolta dall'abbraccio e mio padre mi ha accompagnato a un grande tavolo di legno. Lui e mia madre si sono sistemati uno alla mia destra e l'altro alla mia sinistra, mentre l'avvocato e l'uomo in giacca e cravatta che avevo visto in aula si sono seduti dalla parte opposta.

— Ora mettiamoci al lavoro — ha esordito il signor Collins. — Qualcuno di noi deve tornare a casa. — Mi ha lanciato un'occhiata, come se la battutina lo divertisse. — Signorina Hyatt, questo signore si chiama Livingston ed è il procuratore distrettuale assegnato per questo caso. Il giudice l'ha incaricato di negoziare al posto suo.

— Il giudice Roberts è tornato a casa — ci ha informati il signor Livingston. — Non si sentiva bene.

— Voglio che si indaghi su tutta questa faccenda! — ha tuonato mio padre. — Quell'uomo non aveva il diritto di affermare certe cose, o...

— Non le permetto di dire nulla contro il giudice! — ha sbraitato l'agente. — È una delle persone migliori per cui io abbia avuto l'onore di lavorare.

Il signor Livingston ha sollevato la mano. — Non ti preoccupare, Harry. — Poi si è voltato verso di noi: — Il giudice Roberts è uno dei migliori giuristi che io conosca. In ogni caso penso che concorderemo tutti sul fatto che forse la medicina che prende per lenire il dolore può avere influenzato il suo comportamento di oggi.

— E non possiamo appellarci contro la sua sentenza in base a questo? — ha chiesto mio padre.

— Sì che potete.

— Avvocato Collins, voglio che ricorra in appello immediatamente, e che l'avvocato Kruger faccia mettere al lavoro l'intero studio.

Sì, gliel'avrebbe fatta vedere lui!

— Forse potreste non voler ricorrere in appello — ha risposto il signor Collins.

— E perché diamine non dovremmo farlo? Sta insinuando che dovremmo semplicemente lasciare nostra figlia in carcere?

— Il ricorso potrebbe portare a una detenzione molto più lunga per sua figlia — ha spiegato l'avvocato.

— Non capisco — ha detto mio padre.

— Lasci che le spieghi — è intervenuto il signor Livingston. — Può fare appello contro la sentenza, ma ci si potrebbe impiegare un mese...

— Anche di più — ha precisato il signor Collins.

— Anche di più — ha concordato il procuratore. — E in quel periodo sua figlia rimarrebbe in carcere.

— È sconvolgente! — ha esclamato mio padre.

— Ma corretto in termini legali — ha replicato il signor Livingston.

— Eppure si deve poter fare qualcosa — ha insistito papà.

— Nulla. Sua figlia sarà tenuta in custodia visti gli

altri capi d'accusa di cui potrebbe dover rispondere, accuse che comprendono la resistenza all'arresto e l'aggressione a un agente.

— Al tribunale non piace per niente che si aggrediscano gli agenti — ha spiegato il signor Collins. — Rimarrebbe in prigione fino al ricorso in appello.

— E quasi di sicuro verrebbe condannata per entrambe le nuove accuse — ha aggiunto il signor Livingston. — Che sommate ai precedenti penali... Direi che ci si può aspettare circa un anno di detenzione.

Ho sentito come un pugno allo stomaco e mi è venuto da vomitare.

— Ma c'è un'alternativa — ha proseguito il procuratore.

— L'ascolto — ha detto mio padre.

Ascoltavamo tutti, e io, probabilmente, con un'attenzione che non avevo mai riservato a nient'altro in tutta la mia vita.

— Può decidere di non ricorrere in appello e di non sollevare alcuna obiezione riguardo all'odierna azione legale. In cambio, sua figlia non riceverà altre accuse e non verrà condannata alla detenzione per quelle che, oggi, l'hanno condotta di fronte alla corte. In breve, può portarla a casa.

— Posso tornare a casa? — ho chiesto.

— Puoi tornare a casa, ma c'è una "clausola": dovrai accettare di partecipare a un programma di reinserimento.

— Sarebbe a dire?

— I programmi di reinserimento sono pensati per delinquenti non abituali. L'idea è dissuaderli dall'azione criminale e tenerli lontano dalla giustizia. Sono una valida alternativa alla detenzione.

— Quindi non tornerei in un posto come quella cella, giusto?

— No, nessuna cella, nessun centro di detenzione, nessuna accusa a tuo carico. Di fatto il tuo procedimento penale per furto in negozio sarebbe cancellato.

— E allora cosa dovrebbe fare mia figlia? — ha domandato mio padre.

Non mi importava cosa avrei dovuto fare, non ci poteva essere niente di peggio.

— Sarebbe affidata a un'organizzazione chiamata Child Save, un'associazione benefica impegnata a migliorare la vita dei bambini. Il suo compito dipenderà dalla missione a cui verrà assegnata.

— Conosco l'organizzazione e ho parlato con gente che ha partecipato ai loro viaggi — ha aggiunto il signor Collins.

— Viaggi?! — ho esclamato.

— Sì, si tratta di un'organizzazione internazionale che lavora in diversi paesi del mondo, è un problema?

— No, adoro viaggiare!

— È un problema per me! — ha protestato mia madre. — Non vi potete aspettare che consenta, così su due piedi, a mandare la mia bambina dall'altra parte del mondo senza la sua mamma! — E mi ha stretto la mano.

— La sua "bambina" ha quasi sedici anni, signora Hyatt, e forse è arrivato il momento che le venga data l'opportunità di camminare da sola — ha replicato il signor Livingston. — Ma se insiste, sua figlia può naturalmente restare qui, vicino a casa, in un sicurissimo centro di detenzione.

Ho tolto la mano dalla stretta di mia madre. — Non ho paura di viaggiare.

— Penso che per sua figlia sarebbe un'ottima opportunità — ha aggiunto il signor Collins. — E, francamente, mi sembra che abbia un disperato bisogno di qualcosa.

— Cosa sta insinuando? — ha chiesto mio padre.

— Non è tanto un'insinuazione, quanto una constatazione: sua figlia è una marmocchia viziata ed egocentrica.

— Come osa dire questo di Alexandria! — è insorta mia madre.

— Lei sta giocando con il fuoco — lo ha minacciato mio padre. — Le piace il suo lavoro, avvocato?

— Oggi non particolarmente — ha risposto lui.

— Pensa che il signor Kruger sarà contento di sapere che ha insultato la figlia di uno dei suoi clienti più importanti?

— Probabilmente no, ma presumo che sarebbe ancora più turbato se sapesse che lei ha minacciato il figlio della sua unica sorella. Il signor Kruger è mio zio.

— Suo zio?

— Mio zio Stan. Una delle doti che più ammira in me è l'onestà. Ed è ciò che le sto offrendo: onestà. La questione non è solo trovare il modo più facile per uscirne, ma anche quello più giusto.

— E c'è dell'altro — ha aggiunto il signor Livingston. — Per prima cosa il programma di reinserimento è caro, e sareste voi a dovervi sobbarcare il costo dell'aereo e dell'alloggio.

— Quando si tratta di mia figlia non bado a spese — ha detto mio padre.

— Secondo: dovrebbe essere pronta a partire presto, forse anche fra qualche giorno.

— Anche questo non è un problema.

— Terzo: sua figlia dovrà seguire le direttive dello staff di Child Save, altrimenti l'accordo perderà la sua validità.

— E questo cosa significa? — ho chiesto.

— Ti ritroveresti di nuovo qui, davanti alla corte, e a quel punto ci andresti davvero, in galera — ha risposto il signor Collins. — L'unica differenza è che questa volta non ci sarebbero scappatoie. Andresti in prigione, e potresti restarci anche un anno.

— E io farei del mio meglio perché la condanna durasse *minimo* un anno — ha assicurato il signor Livingston.

— Non ci può minacciare — ha protestato mio padre.

— Non è una minaccia. Penso che le persone debbano essere avvisate sulle possibili conseguenze delle loro azioni. E se sua figlia non farà la sua parte, questa sarà la conseguenza.

— Ha ancora tutta l'aria di una minaccia — ha borbottato papà.

— La veda più come una promessa. Ora — ha concluso il procuratore distrettuale guardando l'orologio — ha un minuto di tempo per prendere una decisione.

— Un minuto? Ma è ridicolo!

— Forse ha ragione — ha risposto lui con un gran sorriso. — Sono quasi le quattro e mezzo di venerdì. Perché non si prende tutto il fine settimana per rifletterci su?

— Questo mi sembra molto più ragionevole.

— Sono contento che la pensi così. E mentre lei sta a casa a riflettere, sua figlia sarà trasferita nella struttura di detenzione. Agente, per favore, la porti di nuovo in cella.

— Ci stiamo! — ho strillato. — Parteciperò al programma!

Il signor Livingston ha annuito. — Siamo tutti d'accordo?

— Credo proprio che ci troviamo di fronte a un ricatto — ha ripetuto mio padre.

— Il ricatto è un capo d'accusa. Noi stiamo semplicemente negoziando... facendo il gioco duro... Sono certo che l'ha fatto spesso durante le sue contrattazioni di lavoro. Quindi, signor Hyatt, affare fatto?

Mio padre non ha risposto. Non capivo se ci stesse pensando o se avesse già deciso di dare battaglia, dal momento che odiava sentirsi sotto pressione, e soprattutto odiava perdere. Ma l'unica persona che ci avrebbe davvero perso lì dentro ero io. Doveva dire di sì, doveva accettare.

Alla fine ha annuito lentamente. — Affare fatto.

CAPITOLO 4

Il telefono si è messo a squillare di nuovo. Quel giorno non aveva praticamente smesso un secondo: il prezzo della celebrità. Chicca, la mia cucciola di volpino, mi stava seduta in grembo. L'ho presa in braccio e sono andata a rispondere.

— Pronto?

— Alexandria, ma è vero?

Era Olivia, una che *conoscevo*, non una che *mi piaceva*. Era così vanitosa, si credeva speciale... Davvero irritante!

— Dimmi cosa ti è stato detto e ti dirò se è vero.

— Non fare la modesta. Africa, andrai in Africa!

— È vero, per tre settimane.

— Incredibile! Solo tu potevi riuscire a trasformare una condanna in una vacanza. Sei troppo avanti.

Non ho risposto e mi sono toccata il piccolo livido sul braccio dove il dottore mi aveva fatto le vaccinazioni: febbre gialla, tifo, meningite, epatite e rabbia. "Troppo avanti" non era esattamente l'espressione che avrei scelto.

— Sono rimasta così sconvolta quando sei stata arrestata... di nuovo.

Mi avevano detto che ne era stata felicissima e diceva in giro che finalmente mi avrebbero dato quel che mi meritavo. Era una tale serpe! Lei, invece, quello che si meritava era una bella mazza da golf dritto sulla macchina nuova.

— Non ci starai mica prendendo l'abitudine, all'arresto — mi ha canzonato.

Meglio certo della sua, di abitudine: venire mollata da un tizio dopo l'altro. L'unico modo per tenersi stretto un fidanzato, per lei, sarebbe stato legarlo e chiuderlo nello sgabuzzino.

— Allora, quando parti?

— Domani. Be', diciamo che domani ho un volo per Parigi.

— Parigi! — ha esclamato lei, quasi senza fiato.

— Sì, è proprio una città esaltante. Tu ci sei stata?

— No — ha risposto.

Sapevo che non era mai andata a Parigi, volevo solo segnare un punto.

— Io è la terza volta che ci vado. Dovresti passarci una volta o l'altra... in futuro. — Ho fatto una pausa per enfatizzare, poi sono caduta con un tonfo sul letto e Chicca mi si è rannicchiata in braccio.

— Immagino che andrai a fare shopping — ha continuato Olivia.

— Un po', ma non troppo. Mia madre mi ha già portato fuori ieri e ha quasi prosciugato le carte di credito. Mi ha comprato quasi tutto quello che mi potrebbe servire.

Il senso di colpa è uno strumento potente, e mia madre si sentiva molto colpevole per quanto era successo.

— Fantastico — ha detto Olivia, ma senza entusiasmo. Immagino volesse dire che sarebbe stato fantastico se avesse potuto andarci lei. Ero certa che fosse già verde, ma avevo altro in serbo.

— Sarai così carina da tenerti libera la sera del ventiquattro? I miei vogliono organizzare una festa per il mio ritorno e il mio compleanno. Non una cosa in grande, solo un centinaio di persone. Avrei preferito fare qualcosa di più ristretto, ma non potevo correre il rischio di offendere qualcuno. Sai com'è essere popolare.

Di certo più popolare di lei: due mesi prima c'era stato il suo sedicesimo compleanno ed erano venute solo una cinquantina di persone.

— Ti faccio sapere. Me lo dici un po' tardi, dovrò controllare l'agenda — ha risposto. — Ma, tesoro, ti giuro che proverò comunque a fare un salto.

Quella piccola snob cercava di darmi a intendere che venendo alla festa mi avrebbe fatto un favore! Gliel'avrei fatta vedere io.

— Ti ho visto con la macchina nuova — ho detto. Gliel'avevano regalata i suoi per il compleanno. — È così cucciola... una Mustang, giusto?

— Sì.

— Non me ne intendo molto di macchine, è solo che la nostra domestica ne ha proprio una uguale. — Ho dovuto sforzarmi per non ridere. — È anche dello stesso colore. Insomma, la prima volta che ti ho visto su quell'auto, mi sono messa a salutare pensando che fossi Carmella, e invece eri tu. Che sorpresa!

— Goditi il viaggio — ha detto lei in tono freddo. — Ora devo andare.

— Sì, me lo godrò. E tu goditi la macchina. A presto.

Ho riattaccato. Le avrei insegnato io a fare la furba. C'era spazio per una sola principessa, e non era certo lei, con la sua squallida Mustang! Ma chi guidava roba americana? Ero sicura che mio padre mi avrebbe comprato qualcosa di meglio. Be', quasi sicura. Forse non avrei dovuto lasciare tutto al caso. Sarebbe bastato dirgli che Fred Mason aveva regalato alla figlia Olivia una Mustang. Lui detestava il padre quanto io la figlia. Vedevo già una BMW nel mio futuro.

— Cosa ne pensi, Chicca? Ti piacerebbe viaggiare su una BMW nuova di zecca?

Per tutta risposta, lei ha agitato la codina. L'avremmo attesa entrambe con ansia. Mi sarebbe mancata la mia cagnolina, e sapevo che anche a lei sarei mancata. E forse sarebbe stata l'unica.

CAPITOLO 5

— Attenzione, prego. Fra pochi minuti atterreremo all'aeroporto Charles de Gaulle di Parigi — ha annunciato la voce all'interfono.

Ho stiracchiato le gambe e ho sbadigliato. Grazie al posto in prima classe e alla pillolina che mi aveva dato mia madre, ero riuscita a dormire per buona parte del viaggio. Ho guardato l'orologio: le undici di mattina, il che significava che erano le sette di sera sul fuso orario di Parigi. Potevo sperare di trovare ancora qualche negozio aperto e di riuscire a convincere l'addetta di Child Save che aspettava il mio aereo a portarmi a fare shopping.

Ho preso il borsellino. Mio padre mi aveva dato così tanti soldi che avrei potuto soddisfare qualunque bisogno e desiderio. Aveva detto che non voleva mandarmi in giro per mezzo mondo senza che potessi contare su una cifra sufficiente per affrontare qualsiasi imprevisto. Così, appena prima di salutarmi, mi aveva riempito la mano di banconote. Non le avevo contate, ma mi sembravano mille dollari, forse anche di più. Lo faceva in continuazione, di solito in modo che mia madre potesse vedere, ma non obiettare. Era tutto parte del loro gioco:

quale dei due era il genitore *buono*? In quanto arbitro e massima beneficiaria, non avevo di che lamentarmi.

Era stato un addio lacrimoso, almeno per mia madre. Aveva pianto davvero, ma non era poi così sorprendente. Nell'ultimo periodo le bastava che un concorrente vincesse a *OK, il prezzo è giusto* per piangere a dirotto. Cominciavo a pensare che forse aveva bisogno di trovarsi una nuova psichiatra, perché era evidente che quella attuale non le stava affatto migliorando l'umore.

Mio padre, al contrario, sembrava stare decisamente meglio da quando aveva divorziato. Forse perché era libero di passare tutto il suo tempo a occuparsi di affari, il che, fondamentalmente, era quello che faceva anche quando erano sposati, con l'unica differenza che ora non c'era nessuno che lo scocciasse. Con tutto il tempo che gli avanzava, riusciva a fare ancora più soldi, e ne usava una parte per compensare la sua assenza, o per cancellare il senso di colpa dovuto al divorzio, o non so che altro. Non che mi interessasse davvero la ragione, mi bastava che i soldi mi piovessero addosso.

In ogni caso gli capitava ancora di avere troppi impegni. Era talmente preso da uno dei suoi affari, che aveva rischiato di non riuscire ad arrivare all'aeroporto per vedermi partire. E sarebbe stato terribile: come gli avrei detto della macchina di Olivia? Se non l'avessi visto, rischiavo di tornare a casa e ritrovarmi con una Mustang. Mio padre aveva accennato a una Mercedes, io a un modello sportivo, qualcosa sul bianco. Il bianco andava praticamente con tutto. È brutto quando i vestiti fanno a pugni con l'auto.

Mi sono infilata le scarpe. Sarei passata un attimo in bagno a rifarmi il trucco: volevo fare un'ottima impressione. Ma proprio in quel momento si è acceso il segnale delle cinture di sicurezza e sono dovuta restare al mio posto. Odiavo che qualcuno mi ordinasse cosa fare, e il fatto che si trattasse di una lucetta mi irritava particolarmente. Potevo sempre ignorarla... no, non potevo finché l'hostess mi gironzolava intorno. Una delle caratteristiche della prima classe è che c'è sempre un'hostess nei paraggi. Era stata piuttosto gentile durante il volo, ma aveva superato da tempo la data di scadenza consigliata. Capivo che quel lavoro poteva anche essere divertente per un po', ma lei doveva avere passato i trenta. Portava la fede e un minuscolo anello di fidanzamento. Era evidente che non si era sposata per soldi. In quei casi, quando il matrimonio finisce, la cosa è ancora più dolorosa, perché ti ritrovi senza nemmeno un materasso d'oro per attutire la caduta.

Ho tirato fuori lo specchietto dalla borsa. Da quando avevo trascorso l'ora peggiore della mia vita, mi ero ripromessa di non andare più in giro senza. Ripensando a quell'esperienza, mi sono venuti i brividi; sapevo che non l'avrei dimenticata tanto facilmente. Era così reale e irreale allo stesso tempo, come in un sogno... anzi, come in un incubo! Capivo che alcune persone dovevano andare in prigione, ma non gente come me, o gente di mia conoscenza. Grazie a Dio mio padre aveva abbastanza soldi per far sì che ciò non succedesse. La prigione è per chi non ha conoscenze, potere o soldi.

Mi sono guardata attentamente allo specchio: gli occhi erano ancora perfetti. Avevo begli occhi, e avevo passato parecchio tempo a provare varie tonalità di ombretti per trovare la più adatta. E naturalmente utilizzavo i migliori trucchi sul mercato.

Mi sono toccata un brufoletto che mi stava spuntando. Si vedeva appena, nascosto dietro uno strato di correttore.

Se solo avessi potuto correggermi anche il naso! Me lo sono guardata con attenzione, girando la testa piano piano da un lato e dall'altro per vederlo tutto, e c'era molto da vedere. Il dorso era troppo grosso, leggermente storto, e la narice sinistra era più grande della destra. I miei genitori e i miei amici mi assicuravano che erano uguali, che avevo un naso perfetto. E invece era ovvio che non era vero, ovvio come il fatto che avessi un naso. In ogni caso non potevo farci nulla, almeno per il momento. Mia madre mi aveva promesso che, quando avessi compiuto i diciotto, avrei potuto *modificarlo* un po', nulla di drastico. Dovevo solo aspettare. Ho ripiegato lo specchietto e l'ho messo via.

L'aereo continuava a scendere e sentivo la pressione aumentarmi nelle orecchie. L'hostess si è seduta e si è allacciata la cintura. Ho guardato fuori dal finestrino: c'erano così tante nuvole che non si riusciva a vedere sotto. Speravo solo che non piovesse. Stavo pensando di sedermi in un bar e prendere un latte macchiato guardando le persone sfilarmi davanti. Per gli standard americani era un filo fuori moda, ma questa era l'Europa! La gente usciva ancora per farsi una cenetta a tarda sera, bersi un bicchiere di vino, guardare la gente che andava a spasso.

Dopo, o il giorno seguente, ci avrei fatto stare un po' di shopping. C'erano negozietti carinissimi a Parigi. La mia idea era di tornare a casa con qualcosa di così nuovo e fico che avrei fatto sbavare di invidia tutte quelle ragazzine *ce-l'ho-già-ci-son-già-stata* della mia scuola. Se poi si fosse anche intonato con una Mercedes bianca decappottabile, sarebbe stato il massimo.

Ero già stata a Parigi, ma mai senza i miei. Questa volta sarebbe stato diverso. Certo, ci sarebbe stato qualcuno di Child Save ad aspettarmi all'aeroporto e a farmi da scorta in giro – un po' come avere un autista personale o una guida turistica – ma ero sicura che li avrei convinti a farmi fare quello che volevo. Ero bravissima in questo. E se non ci fossi riuscita, li potevo comunque piantare lì. Potevo far finta di andare in bagno e poi, casualmente, trovarmi a girare per conto mio. Avevo un sacco di soldi in borsa, e conoscevo abbastanza il francese per riuscire a prendere un taxi, ordinare il pranzo e fare acquisti. A pensarci bene, probabilmente avrei potuto *vivere* a Parigi senza bisogno di imparare altro! E se si fossero arrabbiati, li avrei semplicemente aggrediti, dicendo che era stato spaventoso e che erano stati degli irresponsabili a perdermi. Avrei anche potuto minacciare di far loro causa o farmi uscire qualche lacrima, se necessario. Insomma, sarebbero stati loro a sentirsi in colpa. Se facevo le cose per bene, avrei potuto persino convincerli a chiedere scusa.

L'aereo è sceso attraversando le nuvole ed è sbucato nel cielo limpido. Parigi era tutta sfavillante: la Ville Lumière! La Tour Eiffel scintillava con le sue lucine intermittenti. Ecco una città degna di me! Los Angeles era bella e Beverly Hills assolutamente nel mio stile, ma Parigi aveva qualcosa di così… di così… *mio*.

La terra era sempre più vicina. Ho chiuso gli occhi, ho messo le mani giunte e ho mormorato una preghiera: — Fa' che l'aereo arrivi a terra sano e salvo, e io pure, d'accordo, Dio?

Siamo sfrecciati lungo la pista, il motore che rombava mentre il pilota si sforzava di rallentare; poi l'aereo ha cominciato a emettere un ronzio regolare. Ho chiuso di nuovo gli occhi e ho detto "grazie", ma senza farmi sentire da nessuno. Sarebbe stato imbarazzante se mi avessero visto pregare.

Qualcuno mi ha dato un colpetto sulla spalla e ho aperto gli occhi: era l'hostess.

— Alexandria?

— Sì.

— Ci hanno avvisato via radio che devi essere la prima a sbarcare. In fondo al corridoio ti aspetta un accompagnatore che ti scorterà fino alla coincidenza per Nairobi.

— Ma io volevo fare shopping a Parigi! — ho protestato.

— Una Coca al distributore può bastare? Altrimenti ritieniti sfortunata.

Molto divertente. Vecchia, con un diamantino da quattro soldi e un pessimo senso dell'umorismo.

— Devi essere eccitata.

— Per cosa? — ho domandato.

— Stai andando in Africa! Vai a trovare qualcuno o è un viaggio di piacere?

— Andrò a lavorare. Volontariato, con orfani e cose del genere.

— Bene! — ha esclamato lei. — Quanti anni hai, se posso chiedertelo?

— Sedici... fra quattro settimane.

— Quando avevo la tua età mi interessavano solo i trucchi, i pettegolezzi e i ragazzi.

Sulle prime due cose concordavo, ma ero poco interessata ai ragazzi, se mai ai *giovani uomini*.

— Devi essere una brava ragazza — ha detto.

— Be'...

— Scusa, non volevo metterti in imbarazzo. Le mie figlie sono ancora piccole, ma spero che un giorno o l'altro possano essere come te. I tuoi devono essere molto orgogliosi di te.

Non ho risposto, non sapevo cosa dire. Ero certa che non potevano essere orgogliosi di quello che avevo fatto per finire lì, ma pensavo che magari lo fossero per qualche altro motivo. Anzi, lo erano di sicuro, anche se, in quel momento, non mi veniva in mente niente per cui potessero esserlo.

L'aereo si è fermato e il segnale delle cinture di sicurezza ha tremolato finché non si è spento. Era ora di scendere.

Mi sono svegliata di soprassalto, sbattendo la testa contro il bordo del finestrino. Per una frazione di secondo sono andata nel panico, non riuscendo a capire dove mi trovassi, finché non mi è tornata in mente tutta la storia dell'aereo. Mi era capitato almeno cinque o sei volte. Avevo passato troppo tempo in volo e attraversato troppi fusi orari.

Ho sbirciato fuori dal finestrino: buio pesto. Sapevo che dovevamo essere da qualche parte sopra l'Africa, ma dove, esattamente? Ho acceso la lucina in alto per vedere l'ora. L'orologio segnava le nove e mezzo di sera. Stavo volando da circa sedici ore e avevamo attraversato sette fusi orari, il che significava che, in realtà, erano le quattro e mezzo di mattina. Sul mio biglietto risultava che saremmo arrivati alle cinque, dunque mancava solo mezz'ora.

L'aereo ha fatto una grande virata e all'improvviso l'oscurità al di sotto si è aperta, squarciata da centinaia, anzi, da migliaia di puntini luminosi. Là sotto c'era qualcosa, qualcosa di grande.

Scendendo verso Parigi, la città della moda, mi ero

preoccupata di capelli e trucco; scendendo verso Nairobi, non mi interessava più niente. Le ultime otto ore di viaggio non mi avevano lasciato energie per potermene preoccupare. Ma che importava, poi? Non sarei incappata in nessun conoscente. Non sapevo nemmeno di qualcuno fra i miei amici che fosse stato in Africa. Non si trattava di Parigi, Cannes, Londra o i Caraibi: in posti del genere sarebbe stato diverso. Non era nemmeno Las Vegas, così di cattivo gusto da essere *cool*.

L'aereo ha toccato il suolo rimbalzando leggermente. Benvenuti in Africa.

CAPITOLO 6

A uno a uno i passeggeri hanno ritirato i bagagli che ballonzolavano sul nastro trasportatore. Ormai quasi tutti avevano preso le valigie e se n'erano andati, ma le mie dov'erano? Dov'erano i miei vestiti? Del mio volo eravamo rimasti in pochi ad aspettare. In ogni caso non è che rischiassi di rimanere sola: tutt'intorno a me c'erano uomini che fissavano, osservavano, aspettavano... ma cosa? E perché sembrava che guardassero proprio me? Ero abituata ad attirare l'attenzione, ma non mi piacevano le occhiate che mi lanciavano.

È arrivata un'altra valigia, non mia, e l'unica donna presente oltre a me l'ha presa e se n'è andata. Ora c'eravamo solo io, due uomini che avevano viaggiato con me e tutti quegli altri attorno. Avevo la tracolla sulla spalla e mi sono stretta la borsetta al petto. Conteneva il passaporto, i soldi e i contatti telefonici. Se qualcuno mi avesse rubato quella, non avrei retto.

All'improvviso mi sono sentita estremamente sola. I miei genitori non erano lì: non c'era mio padre a prendersi cura di me, né mia madre a consolarmi. Non erano nemmeno nel raggio di tremila chilometri. Ero praticamente dall'altra parte del mondo, ad aspettare i bagagli e qualcuno che non avevo mai visto.

A proposito, dov'era questa persona? Non era giusto lasciarmi lì da sola. L'incaricato avrebbe dovuto aspettarmi fin da quando si era aperto il portellone dell'aereo.

Mi stava prendendo l'ansia. E perché era così soffocante lì dentro? Mi sembrava di avere i polmoni ostruiti e mi sentivo tutta calda... Dio mio, sapevo cosa mi stava succedendo: era un attacco di panico! Avevo visto mia madre avere attacchi di panico abbastanza spesso per sapere come si presentavano. E ora scoprivo com'era viverli! La mia mente galoppava, cercando di ricordare come si comportava lei in quei casi. Mi pareva che facesse respiri lenti e profondi, immaginando di trovarsi in un posto sereno e felice, e prendesse una pillolina bianca che le spariva sotto la lingua, la stessa che avevo preso per addormentarmi sull'aereo per Parigi. Non ne avevo altre, e l'unico posto cui riuscissi a pensare era là dove mi trovavo, con tutti quegli uomini attorno.

Forse sarei potuta uscire a cercare un poliziotto. No, non potevo abbandonare i bagagli, niente e nessuno avrebbe potuto farmi allontanare dal mio guardaroba nuovo. Non mi importava quanti uomini mi stessero guardando o in che modo lo facessero: quei vestiti erano *miei*!

— Tu devi essere Alexandria.

Mi sono voltata. Una donna! Giovane e bionda, doveva avere qualche anno più di me ed esibiva un gran sorriso. Mi sono sentita così sollevata che ho dovuto reprimere la tentazione di abbracciarla, di mettermi a saltare, o perfino di scoppiare in lacrime di felicità. Invece l'ho guardata torva.

— Sei Alexandria Hyatt, no?

— Sì. E chi sei tu, se mi è consentita la domanda?

— Sono Renée, la tua referente. Sono venuta a prenderti.

— Hai un documento d'identità?

— Cosa?

— Un documento di identificazione. Devo essere sicura che tu sia chi dici di essere.

— Sono assolutamente io e... e sono assolutamente di Child Save — ha balbettato. — Sarò la tua responsabile durante la missione.

— Questo è quello che *dici* di essere, ma io come posso esserne sicura? Mi servono delle prove.

È rimasta un attimo in silenzio, il che poteva essere un segno buono o cattivo. Sembrava istupidita, o forse era la sua espressione naturale.

— Devo ammettere di non aver portato la carta d'identità, è la prima volta che qualcuno me la chiede.

— Be', io non posso essere responsabile della sicurezza degli altri, o di quello che decidono di chiedere o di non chiedere.

— Ma se ci pensi — ha ribattuto lei — se io non fossi chi dico di essere, come potrei sapere che ti chiami Alexandria Hyatt e che sei qui per Child Save?

— Potresti saperlo in molti modi — ho risposto. —

Per esempio potresti avere avuto il mio nome dalla compagnia aerea.

— Sì, è una possibilità. Quella è la tua valigia?

Mi sono voltata. Una grande valigia rosa shocking era appena stata sputata fuori sul nastro trasportatore e stava facendo il giro nella nostra direzione.

— Sì, è *una* delle mie valigie.

— Quante ne hai?

— Tre, più la tracolla e, naturalmente, la borsetta.

Poi sono comparsi altri due pezzi del mio coordinato e sono rotolati verso di noi. Lei mi ha aiutato a tirarli giù dal nastro.

— Penso di non aver mai visto così tanti bagagli e così tanto… brillanti.

— Ti sembrano troppi? Ho dovuto rinunciare a così tante cose che avrei avuto bisogno di portare! E ora, tornando al documento d'identità…

— Come dicevo, non ce l'ho — mi ha interrotto lei. — Quindi immagino che ci sia solo una cosa da fare.

— E cioè?

— Dato che non riesco a convincerti a venire senza un documento, dovrò andarlo a prendere. Tornerò fra… quattro o cinque ore. Tu resta ferma qui. Tieni d'occhio i bagagli e non seguire nessuno da nessuna parte… soprattutto non quegli uomini vicino al muro là in fondo. Loro *non* fanno parte del comitato d'accoglienza.

Un momento: cosa intendeva dire? Ma lei si era già voltata e stava per andarsene. Sono rimasta lì a fissarla incredula, mentre camminava senza fermarsi e senza nemmeno guardare indietro!

— Aspetta! — ho urlato.

Si è bloccata e si è girata. Ho afferrato un bagaglio e gliene ho messo sopra un altro, ho estratto le maniglie e, goffamente, ho preso a trascinare, spostare e far rotolare le tre valigie, che mi sbattevano contro la gamba. Lei stava lì a guardare e... stava forse *ridacchiando*?

— Non puoi mollarmi qui! — ho strillato.

— Non posso nemmeno portarti via a forza. Credo che non riuscirei a portare via nemmeno i tuoi bagagli. O vieni o non vieni. Allora?

Avevo l'impressione che il suo sorrisetto si facesse sempre più marcato. Se la stava godendo. Be', non le avrei dato la soddisfazione di sentirmi supplicare...

— Immagino che questo significhi che non vieni. — Si è voltata e si è rimessa in marcia.

— Sto venendo! — ho gridato, e lei si è fermata di nuovo. — Ma devi aiutarmi con le valigie.

— Qual è la formula magica?

Formula magica? Abracadabra? Voilà? Di cosa stava parlando?

— Per favore — ha detto.

— Per favore?

— Non ci è voluto molto, no?

Ha afferrato due valigie e io l'ho seguita con il resto. Le stavo dietro a fatica, con i tacchi che picchiettavano sul pavimento. Era difficile camminare velocemente sui tacchi. Mio padre mi aveva consigliato di mettere le scarpe da ginnastica, ma gli avevo risposto che non avevo intenzione di partecipare a una gara.

Mi sono accodata a lei.

— Muoio dalla voglia di un lungo bagno caldo, ma mi farei prima un riposino.

— Il riposino lo puoi fare sul camion, ma per il bagno caldo ci vorrà un po' di più.

— Posso aspettare.

— Bene, la pazienza è una virtù.

— Sì, giusto — ho mormorato.

— Hai detto qualcosa?

— No, nulla... proprio nulla. Quanto manca per il bagno?

— Tre settimane. Non abbiamo vasche da bagno nel centro, solo docce.

Odiavo la doccia. Faceva così... ora di ginnastica.

— O la doccia o resti sporca, a te la scelta.

— Vada per la doccia, allora.

Avevo appena conosciuto quella ragazza, ma sapevo già che non mi piaceva. Ero bravissima a giudicare la gente, e la inquadravo quasi immediatamente. Lei era il tipo di persona che non avrei nemmeno *preso in considerazione* come amica. Prima di tutto non potevo neanche immaginare di fare amicizia con una che portava i calzini con i sandali! Ma non aveva uno specchio intero in casa? Se ce l'avesse avuto avrebbe visto che effetto faceva. Era come portarsi addosso un cartello con scritto SFIGATA. E, fra tutti, doveva essere proprio lei la mia responsabile! Se non facevo come diceva, magari, dopo tutta la storia, sarei finita in riformatorio. Che rottura!

Si è fermata di fianco a un camion gigantesco, sembrava uno di quelli della nettezza urbana. Perché proprio lì?

— Dammi, questa la prendo io — ha detto un uomo sbucato dall'oscurità.

Sono rimasta di sasso.

— Fammi prendere la valigia — ha ripetuto.

Era nero come la notte, e aveva addosso una veste rossa e una coperta. Un travestito africano pazzo mi stava derubando!

Quando è avanzato verso di me e ha allungato la mano, ho fatto oscillare la borsetta e gliel'ho assestata in faccia. Se voleva i miei vestiti sarebbe dovuto passare sul mio cadavere! Ha barcollato e io ho fatto oscillare di nuovo la borsetta, gridando più forte che potevo per attirare l'attenzione.

— Ma cosa stai facendo? — ha strillato la ragazza.

Ho indicato l'uomo, che nel frattempo era indietreggiato di un paio di passi. Giusto per dare enfasi al mio gesto, ho urlato di nuovo, più forte e più a lungo.

— Lui è Nebala — ha detto Renée. — È con noi.

Ho interrotto a metà l'urlo e l'oscillazione. L'uomo ha sorriso. I denti bianchi e brillanti spiccavano sul nero del viso.

— Non è un rapinatore? — ho sussurrato.

— È la nostra guida, e ci fa anche da guardia. Stava

solo cercando di aiutarti con i bagagli. Lascia che te lo presenti.

Lui ha allungato la mano e io, riluttante, ho fatto lo stesso.

— Nebala — ha detto, e ha sorriso ancora di più.

— Alexandria Hyatt.

— Nebala, puoi mettere le sue valigie dietro, per favore? — gli ha chiesto Renée.

Suppongo che avrei dovuto capire che era lì per occuparsi di me. Ma con tutti i soldi che mio padre aveva pagato per il viaggio, mi aspettavo un servizio un pelo migliore.

Ha afferrato la valigia grande e, con una mano sola, l'ha sollevata sopra la testa, come se fosse vuota. Sapevo esattamente quanto pesava perché mio padre aveva dovuto pagare un sovrapprezzo. Con l'altra mano si è aggrappato a uno scalino sul lato del camion e l'ha lanciata nella parte posteriore. Poi è balzato giù agile come un gatto, ricadendo a terra senza produrre alcun rumore. Ha tirato su le altre due valigie, si è messo la più piccola sotto il braccio e si è inerpicato di nuovo sul camion.

— Se ci fosse altra gente, anche a te toccherebbe viaggiare dietro — ha detto Renée. — Ma dato che siamo solo in tre, possiamo stare tutti in cabina.

Si è alzata in punta di piedi e ha aperto la portiera. Anch'io ho fatto per arrampicarmi, ma poi mi sono fermata: quella era la parte del conducente, e non avevo intenzione di guidare.

— Sali su e poi scivola in mezzo — mi ha detto lei.

Okay, questo sì che aveva senso. Mi sono arrampicata, ma il volante era dal lato sbagliato! Renée è entrata dopo di me e Nebala è salito dall'altra parte, sistemandosi al posto di guida.

— Il volante — ho borbottato — è.... è dalla parte sbagliata!

Nebala ha guardato prima me, poi il volante e ha scosso la testa. — No, è dove l'ho lasciato.

Renée è scoppiata a ridere, sorprendendomi.

— Quel lato — ha continuato Nebala, indicando il punto dove sedeva Renée — sarebbe sbagliato.

— In Kenya si segue il modello inglese — ha spiegato lei — e si guida a sinistra.

Ero stata a Londra e sapevo che gli inglesi guidavano dalla parte sbagliata, ma non sapevo del Kenya. Pensavo fosse solo una di quelle cose per cui gli inglesi si distinguevano, come la brutta dentatura, il pallore e la pessima cucina.

— Non mi interessa da che parte si guida, l'importante è andare. Posso farmi la doccia appena...

Il camion è partito e il rombo del motore ha soffocato le mie parole.

— ... appena arriviamo? — ho completato la frase.

— Sì, anche se forse vorrai mangiare qualcosa prima, così potrai conoscere tutti.

Se c'era una cosa sicura era che non avevo intenzione di conoscere nessuno prima di essermi fatta la doccia, sistemata i capelli e rifatta il trucco. Per dare una buona impressione non c'è mai una seconda chance.

— Forse li potrei vedere più tardi, non sono molto in forma la mattina presto.

— Non l'avrei mai detto! — ha esclamato lei. Sarà stata sarcastica?

— E poi non ho fame — ho aggiunto.

— Quando arriviamo magari ne avrai, anche se allora il pranzo probabilmente sarà già terminato.

Aveva detto *pranzo*? Il sole stava appena spuntando.

— Vorrai dire *colazione*, non pranzo — ho puntualizzato. Ed ero io quella che non aveva dormito! Il camion ha preso una buca enorme e siamo stati sbalzati tutti in aria prima di rimbalzare di nuovo sui sedili.

— No — ha risposto Renée. — La colazione l'avranno fatta molto prima del nostro arrivo. Io punto al pranzo.

O questi facevano colazione a notte fonda, o c'era davvero qualcosa di strano. — A che ora pranzate qui?

— Intorno a mezzogiorno.

— Ma adesso sono solo... solo... — Ho guardato l'orologio e ho fatto un rapido calcolo per capire che ora fosse. — Sono solo le sei e mezzo.

— È proprio quello che intendo dire. Per arrivare al campo ci vogliono circa sei ore.

— Cosa? Sei ore? È dall'altra parte del paese?

— È a circa duecento chilometri, ma è quel che ci si impiega su queste strade.

— E non sono fra le peggiori — ha aggiunto Nebala.

— Quando arriva la stagione delle piogge, questo stesso viaggio può durare anche il doppio.

— Non starò su questo coso per sei ore. Mi rifiuto!

Renée ha guardato prima me, poi Nebala. — Okay, ferma il camion.

L'uomo ha scalato le marce, il motore ha ronzato e il camion ha accostato a un lato della strada, quello sbagliato.

— Alexandria, so che sei stanca — ha detto Renée.

— Sono *esausta*!

— Okay, esausta. Probabilmente hai anche fame, sete e sei confusa, soffri per il jetlag e sarai almeno un po' arrabbiata per il fatto di trovarti qui.

— Un po' arrabbiata? Ah-ah!

— D'accordo, diciamo molto arrabbiata. In ogni caso non sono disposta a passare sei ore sul camion ascoltando le tue lamentele. Quindi hai tre opzioni: la prima è sistemarti dietro insieme ai bagagli.

— Non parlerai sul serio.

— Assolutamente. La seconda — ha proseguito — è scendere e continuare a piedi.

Ho guardato fuori. Adesso era abbastanza chiaro da riuscire a vederci: sulla strada c'erano macchine, camion e motociclette che procedevano sbandando. Il modo in cui si muovevano mi ricordava gli autoscontri del luna park. Su entrambi i lati si vedeva un flusso continuo di persone a piedi. Erano tutti neri: neri e stranieri e kenioti. Non era possibile che mi lasciasse su quella strada.

— E la terza opzione è smettere di lamentarti e accettare il fatto che non puoi avere sempre quello che vuoi.

— Mick Jagger — ho detto.

— Cosa?

— Nulla. — Forse *lei* di solito non otteneva quello che voleva, ma *io* sì.

— Be'? — ha chiesto.

Ho guardato dritto davanti a me. — Opzione numero tre.

Per quanto mi riguardava, sarei stata felice di non dover parlare con nessuno per le successive tre settimane.

CAPITOLO 7

Ero così stanca che avevo perfino nausea, ma ogni volta che ero sul punto di assopirmi, mi risvegliavo bruscamente per colpa di qualche enorme buca sul terreno. Era indubbiamente la strada peggiore del mondo, e quello era il viaggio peggiore che avessi mai fatto in vita mia.

Annoiata, mi sono messa a guardare fuori dal finestrino, ma non ho visto nulla di diverso da quello che vedevo ormai da ore: una strada rossa, piena di solchi e in pessime condizioni, che si dipanava fino all'orizzonte. Lungo la via crescevano arbusti: non era la giungla, ma certo nemmeno il paese del *Re Leone*. Di tanto in tanto apparivano gruppetti di edifici, anzi, di baracche. Sembravano negozi, ma non mi sarebbe mai passato per la mente di fare shopping lì.

C'erano pochi veicoli, invece di persone ce n'erano molte. Sedevano all'ombra, o stavano ferme in gruppo, o semplicemente camminavano al margine della strada. Ma questi non avevano niente di meglio da fare che aspettare o camminare?

Oltre alla gente c'era uno strano miscuglio di animali: mucche, capre, polli e asini. Stavano nei campi, a raspare nella sporcizia davanti a quei negozi, sul bordo della strada, o sulla strada stessa. Il camion procedeva balzelloni, e solo all'ultimo minuto la mucca, la capra o l'asino di turno si spostava. Nebala non rallentava né sterzava per evitarli, eppure non ne colpiva neanche uno, perché semplicemente si allontanavano da soli. Animali intelligenti. Probabilmente quelli stupidi erano stati uccisi molto tempo prima. Una specie di teoria evoluzionista di Darwin, ma con macchine e mucche.

Peraltro, la metà delle auto che vedevamo era ferma al margine della strada. C'era chi riparava uno pneumatico sgonfio, chi aggiustava qualcosa sotto il cofano. E quelle che procedevano andavano lente, tentando di schivare le buche. Ogni tanto passavamo di fianco a delle specie di furgoncini che trasportavano pacchi sul tetto e persone – decine e decine, si sarebbe detto – stipate dentro. Renée li aveva chiamati *matatu*, e sembrava fossero famosi per essere sempre troppo carichi e per andare troppo lenti. Immagino fossero come i taxi nel resto del mondo e, con tutta probabilità, i conducenti parlavano inglese quanto i tassisti di New York e di Los Angeles.

Praticamente ogni volta che sorpassavamo un veicolo, Nebala salutava l'autista con la mano, e l'altro rispondeva con un cenno. Talvolta i due veicoli si fermavano, e gli autisti si ritrovavano affiancati. Si urlavano qualcosa e, se erano abbastanza vicini, tendevano la mano e se la stringevano. O quell'uomo conosceva tutti in Kenya, o quella era la popolazione più amichevole del mondo.

Le prime due o tre volte che si è fermato a conversare, ho cercato di ascoltare, ma non è stato molto produttivo. Non so in che lingua parlassero, ma era diversa da qualunque altra avessi mai sentito. Ovviamente Nebala la conosceva, ma anche Renée la masticava. Faceva segno di sì con la testa e buttava lì un paio di frasi in ogni conversazione.

Mi sembrava strano che non parlassero semplicemente in inglese. Perché non abbandonavano quelle lingue straniere come si fa con la moda dell'anno prima? Il mondo non sarebbe stato migliore se tutti avessero parlato inglese? Non sarebbe servito a *cambiarlo*? Perché questo c'era scritto sulla maglietta di Renée: CAMBIA IL MONDO. Francamente, se fossi stata in lei, avrei iniziato questo *cambiamento* scegliendo una maglietta migliore. Ah, quelli che se ne andavano in giro con slogan sui vestiti neanche fossero adesivi per la macchina o tabelloni pubblicitari! Io non volevo nessuna scritta sui miei abiti, a meno che non fosse *Gucci*.

Per dirla tutta, la maglietta – quella maglietta marrone – in un certo senso funzionava con il resto dell'abbigliamento. Forse "funzionare" è una parola grossa, nel senso che non c'era nulla che funzionasse davvero, ma diciamo che si adattava al personaggio. Era un tale disastro, stilisticamente parlando, una catastrofe ambulante. Avrebbe potuto fare la modella per la nuova collezione *Evitate Di Vestirvi Così*. Maglietta marrone, pantaloncini safari azzurri, calzini rossi, sandali neri e una bandana dorata in testa. Non distingueva i colori, oltre a non capire la moda? O forse quella mattina si era svegliata così presto che aveva dovuto vestirsi al buio? E comunque, quante probabilità c'erano di riuscire a scegliere colori tutti diversi? O aveva giocato a uno strano tipo di roulette russa con i vestiti, o il suo era un deliberato tentativo di risultare ributtante.

Conoscevo alcune ragazze del genere. Erano consapevoli di avere un aspetto che non consentiva loro di competere, quindi non ci provavano nemmeno. Non sapevo se fossero da ammirare, per essere così coscienti della realtà, da compatire o entrambe le cose. Il fatto, però, era che Renée avrebbe sì potuto competere. Non era truccata, ma aveva una bella pelle, tratti armoniosi, begli occhi e il naso più piccolo del mio. Era sul bassino – non correva certo il rischio di diventare una modella – ma era piuttosto proporzionata. Perdere qualche chilo non le avrebbe fatto male, ma a chi ne farebbe? Trenta minuti con il mio beauty, i vestiti giusti e un paio di pinzette – quelle sopracciglia richiedevano un lavoro serio – e l'avrei fatta risalire di qualche scalino nella catena dell'evoluzione. Chissà, magari sarebbe anche riuscita a mettere un anello a quell'anulare vuoto. Probabilmente nulla di grande o costoso, ma pur sempre un anello.

Immagino che qualcuno avrebbe definito la sua una bellezza "naturale", ma io non credevo proprio a quel concetto. Vedevo la bellezza come il prodotto ultimo di un complicato processo che comprendeva cura della pelle, trucco, abbigliamento e, spesso, qualche miglioramento chirurgico. Era naturale voler apparire belli, ma la natura giocava solo un ruolo secondario. Con tempo, denaro, diete, esercizi, vestiti giusti, un buon parrucchiere e un chirurgo di prima classe, chiunque poteva sentirsi a proprio agio a Venice Beach.

Mi sono portata istintivamente la mano al naso: se avessi potuto ridurlo a furia di strofinarmelo, non avrei avuto bisogno della chirurgia.

Abbiamo rallentato di nuovo, e Nebala ha fermato il camion di fianco a uno che viaggiava dalla parte opposta. I due conducenti si sono messi a parlare a lungo e a voce alta, ridendo in continuazione.

Non capivo molto ma, da quello che ero riuscita a dedurre, la parola *jambo* doveva significare "ciao", o qualcosa del genere, e *kwaheri*, "arrivederci". E poi, anche se non ne ero sicura al cento per cento, la parola *asante*, che usavano spesso, doveva significare "per piacere", oppure "grazie", o "prego". Ora mi bastava scoprire come si diceva "bagno", "acqua gassata" e "sì, lo compro", ed ero a posto.

Anche se, per quanto ero riuscita a vedere fino a quel momento, in Kenya non c'era niente che avrei davvero voluto comprare. Non sapevo chi ne sarebbe rimasto più stupito, se mia madre o mio padre. Mia madre amava fare shopping ancora più di me. A pensarci bene, se la mia famiglia avesse vissuto in Kenya, i miei genitori probabilmente sarebbero stati ancora sposati, dato che avrebbero evitato metà delle discussioni riguardo ai soldi che spendeva mia madre. Mucche, polvere e fango non erano esattamente priorità nella sua lista delle cose da comprare.

Ci siamo rimessi in marcia – all'urlo generale di *kwaheri* – e siamo finiti quasi subito in una buca gigantesca; ho fatto un salto tale che per poco non sbattevo contro il tetto del camion.

— Non potresti provare a evitare *almeno* qualche buca? — ho protestato, infuriata.

— Evitarle? — ha replicato Nebala. — Vuoi dire che non le devo centrare?

Renée ha schiamazzato come una gallinella a quel goffo tentativo di fare dello spirito. Poi ha confabulato qualcosa con lui in quella stupida lingua; Nebala ha buttato indietro la testa e ha strillato qualcos'altro.

Stavo per chiederle cosa, perché ero sicura che riguardasse me, ma mi sono trattenuta perché ero altrettanto sicura che non me l'avrebbero detto. "Be', lasciamo pure che facciano le loro battutine stupide" ho pensato. Di lì a tre settimane, lei sarebbe stata ancora un'insignificante guida che stava lì a mangiare la polvere della strada, e lui un tizio con un vestito rosso e una coperta che guidava un vecchio camion scassato.

Abbiamo preso un'altra buca, e ho fatto un altro salto.

— Scusa — ha detto Nebala. — Mancarle... non prenderle... mancarle... cercherò di ricordarmelo.

Avevo toccato il fondo. Mi stavo facendo prendere in giro da uno vestito in quel modo improbabile.

CAPITOLO 8

— Siamo quasi arrivati — ha detto Renée.

Ho scrutato attentamente oltre il parabrezza, ma non capivo *dove* potessimo essere arrivati. Eravamo su un tratto di strada accidentato che assomigliava a tutti gli altri tratti di strada su cui eravamo passati nell'ultima ora. Forse la carreggiata era un po' più stretta e con meno solchi, ma per il resto sembrava tutto uguale.

Girato un angolo, ci si è parato davanti un grande cancello di metallo verde. In entrambe le direzioni si allungava del fil di ferro che formava un alto recinto, su cui stavano appesi segnali con scritto: PERICOLO! HATARI! RECINTO ELETTRIFICATO! *Hatari* significava forse "pericolo"?

Il camion si è fermato giusto davanti al cancello e Nebala ha suonato il clacson. Due uomini, vestiti con una tuta da ginnastica verde lime, sono corsi ad aprirlo.

— Cosa ci facciamo qui? — ho domandato. — Perché stiamo entrando?

— Qui è dove eravamo diretti.

Mi sono sentita avvampare. Era stato tutto un gigantesco raggiro per mettermi in galera dall'altra parte del mondo, dove mio padre e il mio avvocato non mi avrebbero potuto aiutare?

— Questo non rientra nei patti! — ho urlato. — Dovevo partecipare a un programma, non andare in prigione!

Renée e Nebala si sono messi a ridere, ma non c'era proprio niente da ridere.

— Questa non è una prigione — ha replicato Renée. — Questo è il paradiso!

— Da quando per far stare la gente in paradiso c'è bisogno di un recinto elettrificato? — ho chiesto.

— Non serve per non fare uscire la gente, né per impedire a qualcuno di entrare. Non ti preoccupare — mi ha detto lei, dandomi una pacchetta sulla gamba.

— Non mi toccare! — ho strillato, scostandole la mano. È rimasta sbigottita. — Scusami. Cercavo solo di rassicurarti.

— Non ho bisogno delle tue rassicurazioni — ho mentito. In ogni caso, per quanto fosse la migliore rassicurazione che potesse darmi, era piuttosto inutile.

Il camion è balzato in avanti sorpassando il cancello e, guardando nello specchietto retrovisore, ho visto che le due guardie lo richiudevano alle nostre spalle.

— Vedrai, non c'è niente di cui aver paura — ha aggiunto Renée.

— Non ho paura — ho risposto istintivamente, anche se il tremolio nella mia voce forse mi stava tradendo.

Il camion si è fermato e, mentre Renée apriva la portiera, l'ho praticamente spintonata nella foga di uscire di lì.

— Non potete tenermi in questa prigione!

— Non è una prigione!

— E immagino che quelle due non siano guardie, che questo non sia un cancello chiuso a chiave e che quello non sia un recinto elettrificato.

— Sì, quelle sono guardie, le chiamiamo *askari*, ma sono qui per proteggerti.

— Figurati, sono qui per tenermi intrappolata nel vostro recinto!

Renée non ha risposto, limitandosi a fare quel sorrisetto che mi risultava ormai familiare e insopportabile. Si è voltata verso le guardie e ha urlato loro qualcosa che non ho capito. Hanno annuito tutte e due, e una ha aperto la catena che teneva il cancello chiuso e l'ha spalancato.

— Prego, sei libera di uscire, se lo desideri — ha detto Renée, indicandolo.

— Ma per andare dove?

— Dove vuoi. Questa non è una prigione, ma ti devo avvisare che fuori è pericoloso.

— Pericoloso? — l'ho schernita. — Sono già stata in posti abbastanza pericolosi.

Una volta, quando avevo dodici anni, mi ero allontanata dai miei ritrovandomi da sola nel centro di Los Angeles, e non nella parte dei negozi, ma per quelle vie dove nessuno parla inglese e bazzicano le bande di strada. Erano stati i quindici minuti più spaventosi di tutta la mia vita.

— Be', in tal caso sono certa che non avrai problemi se ti imbatti in un leopardo, un elefante o un leone.

— Sì, come se fossero qua fuori!

— Alexandria, siamo in Africa. Dove pensi che vivano elefanti e leoni? — ha replicato lei. — Ecco perché il recinto è elettrificato. È l'unico modo per fermare un elefante.

— Tieni — ha aggiunto Nebala, porgendomi una mazza di legno che teneva appesa alla cintura. — Questa è una *konga*, da usare contro i leopardi.

Ho ritratto le mani rifiutando di prenderla. — Io ho qualcosa di più potente. — Ho aperto la borsetta e ho tirato fuori il cellulare brandendolo come un'arma. — Chiamerò mio padre e il mio avvocato. Voi due siete nei guai fino al collo.

Ho aperto il cellulare che ha cominciato a cercare una rete a cui connettersi, ma sembrava non trovare niente.

— Non potete impedirmi di chiamare il mio avvocato: conosco i miei diritti!

— Nessuno te lo impedisce, a parte la natura, le leggi della fisica e la totale assenza di ripetitori in questa valle. Nemmeno tu puoi sfidare le leggi della natura, Alexandria. — Renée ha fatto una pausa. — Però, vedi là in fondo, oltre quegli alberi? So che in cima a quella collina si prende, vero, Nebala?

Lui ha scostato un po' la coperta: di fianco alla *konga*, teneva appeso un lungo coltello in un fodero e, accanto, un telefono cellulare! L'ha preso e se l'è portato all'orecchio.

— Mi senti adesso? — ha chiesto.

Renée è scoppiata a ridere. Finalmente ho capito dove avevo sentito quella risata: era la malvagia Strega dell'Ovest del *Mago di Oz*!

— Lassù i cellulari prendono — ha detto Nebala.

— Se riesci a superare gli animali, puoi fare una chiamata — ha aggiunto Renée.

— E non ti dimenticare i serpenti — ha rincarato Nebala.

— Ci sono serpenti?

— Pitoni, vipere, mamba neri e cobra sputatori — ha elencato.

Renée è rabbrividita. — Sono quelli che odio di più: mi terrorizzano. — Poi, rivolta a me: — Sai cos'è un cobra sputatore?

Ho scosso la testa.

— Fondamentalmente sputano veleno sotto forma di goccioline, come di condensa, che arrivano fino a due metri di distanza. Se non ci si sottopone subito al trattamento, possono provocare una cecità permanente.

— Che tipo di trattamento?

— Bisogna subito lavarsi gli occhi — ha spiegato Renée.

Nebala ha fatto di sì con la testa. — Con latte o urina.

— Urina? Vuoi dire *pipì*?

Ha annuito di nuovo.

— Ma è assolutamente disgustoso. Perché uno dovrebbe usare urina, se si può usare il latte?

— Il latte potrebbe essere difficile da trovare, mentre la pipì è sempre disponibile.

— Preferirei morire, piuttosto che frizionarmi gli occhi con la pipì!

— È interessante quello che dici, perché probabilmente sarebbe quella l'alternativa — ha replicato Renée. — Lavarsi gli occhi o morire. Una volta ferita, quando non puoi più scappare, il serpente ti morde e ti inietta il veleno direttamente nel sangue.

— Si muore, e abbastanza velocemente — ha sentenziato Nebala.

— Quanto velocemente?

— Dipende dalla grandezza del serpente, da quanto veleno ha immagazzinato dall'ultima volta che ha colpito e dal peso della vittima.

— Tu quanto pesi? — ha chiesto Renée.

— Circa cinquanta chili — ho risposto, mentendo su quel paio di chili che dovevo perdere.

— Ma è troppo poco per la tua altezza. — L'ha detto con il tono di chi è gelosissimo: invidia, invidia pura. — Con quello che pesi, probabilmente moriresti in un paio d'ore. Ma è anche vero che quegli occhiali da sole ti proteggerebbero, e non avresti bisogno di lavarti gli occhi. Cerca comunque di evitarli. Di solito colpiscono solo se infastiditi.

— Cammina così — ha aggiunto Nebala, e ha cominciato a sollevare le gambe esageratamente, atterrando al suolo con estrema pesantezza. — Devono sentire le vibrazioni per allontanarsi.

"O sentirle per capire che sei lì e venirti a cercare"

ho pensato. Non sarebbe stato meglio evitare di far capire al serpente che eri nei paraggi, in modo da non farti sputare addosso?

— In ogni caso, Alexandria, ora non andrai da nessuna parte. Più tardi, se vuoi fare quella telefonata, chiederò a Nebala di portarti in cima alla collina, ma adesso mangiamo qualcosa.

In effetti avevo fame.

— Così conoscerai anche gli altri ospiti — ha aggiunto.

— Ospiti? È così che chiamate i prigionieri?

— Non ci sono prigionieri, qui.

— D'accordo. Quante persone sono qui forzatamente?

Renée ha alzato un dito.

— Solo un'altra persona?

Ha scosso la testa. — Solo *una* persona: tu. Non ti fa sentire speciale?

Io *ero* speciale.

— E in tutto quante persone ci sono qui dentro?

— Una ventina.

— Ma se non sono costretti a stare qui, perché ci stanno? — ho domandato.

— Chiederò che ti raccontino le loro storie — ha risposto Renée, mentre la seguivo all'interno. Che altro potevo fare?

CAPITOLO 9

Sconfitta ancora una volta, camminavo dietro a Renée lungo un sentierino di ciottoli. Ero sicura che, con quella storia dei serpenti, stessero solo cercando di spaventarmi. In ogni caso mi sarei tenuta sul sentiero e avrei sbattuto forte i piedi. Centinaia di lezioni di danza spazzate via in un istante per cedere il posto a un passo modello uomo di Neanderthal.

Prima ancora di vederli, ho sentito le voci: parlavano, ridevano e cantavano. Abbiamo girato l'angolo e ho scorto un gruppo di persone sedute sotto una grande tettoia di paglia. C'erano dei tavoli e, incastrato in una parete dell'edificio, un grande focolare. Era una specie di sala da pranzo all'aperto.

Ho fatto un rapido calcolo: ventitré persone. Alcune erano più grandi, probabilmente si trattava dello staff. Le femmine erano un po' più numerose dei maschi. Erano così occupati che sembrava non si fossero accorti di noi. Indossavano tutti magliette, pantaloni corti e sandali. Le ragazze tenevano i capelli raccolti in una coda di cavallo o trattenuti da una bandana. Rispetto alle altre, Renée sembrava un'icona della moda.

— Renée — ha strillato qualcuno. Tutti hanno smesso di parlare e hanno cominciato a urlare e a salutare. Un gruppetto è balzato in piedi e si è messo a correre verso Renée, che si è ritrovata avvolta da un abbraccio collettivo. Mi sono spostata di lato per evitare di finirci in mezzo.

— Ciao! — mi ha detto una ragazza. — Io sono Andrea, ma i miei amici mi chiamano Andy!

— Sì, ciao. — Ho capito subito che l'avrei chiamata Andrea. Forse, se si fosse messa un po' di trucco e avesse fatto qualcosa con quei capelli, si sarebbe capito che era una ragazza e non un maschio di nome Andy.

— Ehi, ascoltate tutti! — ha urlato Renée. — Vorrei presentarvi Alexandria!

C'è stato un boato di urla e saluti, e tutti mi si sono stretti intorno. Se qualcuno avesse solo provato ad abbracciarmi, l'avrei colpito con... Ma Andrea e altre due ragazze mi stavano ormai abbracciando! Questa gente aveva mai sentito parlare di spazio personale? Ho cercato di liberarmi, ma si sono uniti anche altri e sono rimasta intrappolata in mezzo... nel bel mezzo di un abbraccio di gruppo! Assolutamente disgustoso, vero? E poi qualcuno – e non solo qualcuno – aveva decisamente bisogno di un deodorante.

Era spaventoso. Era già stato abbastanza brutto quando avevo creduto di dover andare in prigione, ma adesso mi sembrava di essere finita in una setta, una setta *assolutamente* priva di stile. Se vuoi seguire qualcuno senza riserve, almeno assicurati che si chiami Dolce o Gabbana.

Renée mi ha tirato fuori da quella ressa e mi ha presentato il resto dello staff. C'erano una Jessie, un Robert, un Alex e un Dave. Ma che carino! Tutti avevano un nome grazioso, e facevano finta di essere amichevoli e felici di conoscermi, ma io non ero lì per fingere.

— Ora ci presenteremo tutti e diremo qualcosa sul perché siamo qui — ha annunciato Renée. — Iniziamo con la nostra nuovissima ospite, Alexandria.

Ho spalancato gli occhi. Sapevo cosa stava cercando di fare: farmi sembrare stupida senza dirmelo, ma non avrebbe funzionato. Parlare in pubblico dipende completamente dalla sicurezza in se stessi, e io ne avevo a palate.

— Come sapete, mi chiamo Alexandria... Alexandria *Hyatt.* — Ho scandito bene il mio cognome: a Brentwood lo conoscevano tutti, ma ho avuto l'impressione che loro non lo avessero mai sentito. — Ho quasi sedici anni e vivo a Brentwood, California. Il mio colore preferito è il grigio-marrone, ma l'acquamarina è quello che meglio si intona con i miei occhi. Non so che altro dire.

— Perché sei qui? — ha chiesto una ragazza.

— Non ho avuto scelta e sono dovuta venire — ho risposto senza pensarci. Ma poi ho riflettuto: se ero l'unica a cui era stato ordinato da un tribunale di andare lì, forse non era il caso di sbandierarlo a tutti.

— Neanch'io ho avuto scelta — è intervenuto un ragazzo.

Eh? Ma allora Renée mi aveva mentito!

— Quando ho scoperto che la gente aveva così tanto bisogno — ha proseguito lui — mi sono reso conto che *dovevo* venire.

Gli altri ragazzi si sono messi a battere le mani e a strillare. Ho capito che non stavamo parlando della stessa cosa, ma non sarei stata lì a puntualizzare. Non li conoscevo e non li avrei rivisti mai più, una volta scontata la pena.

— Ora che sappiamo qualcosa di Alexandria, chi ha voglia di condividere con lei la propria storia? — ha domandato Renée.

Si è alzata una dozzina di mani.

— Sarah, perché non cominci tu?

— Ciao, mi chiamo Sarah, sono di Boise, Idaho, e sono qui con un gruppo della mia chiesa.

— Potrebbero alzarsi tutti i membri del gruppo, per favore? — ha invitato Renée.

Nove persone si sono alzate in piedi: quattro ragazzi e cinque ragazze. I ragazzi avevano i capelli tagliati corti e le ragazze indossavano orribili scarpe basse. Avevano tutti quello stile così… da *chiesa*. Mi sembrava davvero di essere finita in una setta.

— Un giorno — ha proseguito Sarah — è venuto un relatore di Child Save a parlare al nostro gruppo giovani. Ci ha raccontato dei bambini che non avevano acqua pulita e scuole, e allora abbiamo deciso, visto che noi avevamo così tanto e loro così poco, di aiutarli. Abbiamo raccolto circa ventimila dollari per contribuire a costruire una scuola.

Tutti si sono messi ad applaudire e ad acclamare. Naturalmente io ho solo battuto le mani.

— E poi abbiamo raccolto fondi per consentire a dieci di noi di venire qui a occuparsi della costruzione vera e propria, e anche per conoscere i bambini che stavamo aiutando.

Quando si è seduta, qualcuno ha applaudito di nuovo.

Gli altri membri del gruppo si sono presentati a uno a uno. Avevano tutti lo stesso temperamento mite, e i nomi mi si sono confusi in testa. C'erano una Kelly, due Taylor – un ragazzo e una ragazza – un Todd, un Tim, un Jimmy e due Britney. Tim, forse, me lo sarei ricordato. Con un taglio di capelli decente – quello che aveva sembrava gliel'avesse appena fatto la mamma – sarebbe stato potenzialmente carino. Certo non abbastanza da raggiungere gli standard necessari per uscire con me, ma sarebbe almeno migliorato.

Un'altra ragazza si è alzata a parlare, ed ero piuttosto sicura che non fosse tipo da chiesa. Era più grande, vestita con un po' più di stile, e anche il trucco non era male.

— Ciao a tutti. Ciao, Alex — ha detto guardandomi in faccia. — Mi chiamo Alexandria — l'ho corretta freddamente. Nessuno mi avrebbe mai chiamato così, a parte i miei più cari amici, e lei non lo sarebbe diventata.

— Scusa, non volevo offenderti. Il mio nome è Chris. Be', in realtà sarebbe Christina, se proprio vogliamo essere formali… o presuntuosi.

Ero furente. Voleva litigare con me?

— Sono venuta per aiutare, ma anche per imparare, e perché mi è utile per la mia facoltà, *Sviluppo internazionale* — ha detto.

Questo sì che suonava presuntuoso, anche se non sapevo esattamente cosa significasse "sviluppo internazionale".

— Sono al terzo anno di università... e ho una borsa di studio... e uno dei miei professori ha pensato che questa esperienza avrebbe fatto di me una studentessa migliore.

Vomitare sarebbe stata maleducazione?

— Ho studiato la popolazione di questa regione in modo piuttosto approfondito, ne conosco la cultura e i costumi. E, naturalmente, so parlare un po' di swahili.

Ha finito il suo discorsetto. Quello che avevo capito di certo era che si trattava di una rompiscatole, una rompiscatole presuntuosa, noiosa e con la puzza sotto il naso.

Il ragazzo successivo si è alzato e si è messo a parlare. Sono rimasta a guardare Christina mentre si sedeva: senza dubbio era la ragazza più bella lì dentro. Almeno lo era stata fino al mio arrivo. Non le avrebbe certo fatto piacere che ci fossi io in circolazione. Non sarebbe stato facile per lei condividere le luci dei riflettori. Ma che, stavo scherzando? Se ero nei paraggi, non avremmo "condiviso" proprio un bel niente, perché avrei avuto i riflettori tutti su di me. In ogni caso dovevo tenerla d'occhio. Se era tanto sveglia da identificarmi come una minaccia alla sua posizione dominante, lo era anche abbastanza per cercare di rimanere il capobranco.

Uno alla volta si sono alzati tutti a parlare. Nomi, facce e voci differenti, ma in sostanza la stessa storia, la stessa predica. Se volevano sembrarmi dei santi, potevano anche smetterla di sprecare fiato e di farmi sprecare tempo. Quasi non ascoltavo, e quello che ascoltavo non mi impressionava per niente. Io almeno avevo una scusa: lì ci ero *dovuta* venire. Quella gente invece era così stupida da averlo scelto, non ci potevo credere. Non avevano un posto migliore dove andare, qualcosa di meglio da fare o gente migliore con cui stare?

Uno dello staff si è alzato, ha ringraziato tutti per aver condiviso le loro storie e ha detto che era ora di tornare al lavoro. Praticamente sono saltati tutti in piedi. Dalla loro reazione eccitata, sembrava che dovessero tornare in un centro benessere più che al lavoro. Riluttante mi sono alzata anch'io, ma le gambe mi vacillavano.

— Oggi pomeriggio non vai con loro — ha detto Renée. — Penso che tu debba disfare i bagagli e tutto il resto.

Mi sentivo così riconoscente che le avrei quasi detto grazie.

— I bagagli sono stati portati nella tua tenda.

Ero contenta di non doverli portare io... Ma, aveva detto *tenda*?

— Scusa, starò in tenda?

— Le chiamiamo tende, ma non è proprio come essere in campeggio.

— Meno male, perché io *non vado* in campeggio.

— Sembra che ci siano un sacco di cose che non fai, un sacco di limiti che ti imponi. Vieni a vedere, prima di giudicare.

Ho arrancato dietro di lei lungo il sentiero. Ero stanca di seguirla. Dietro l'angolo c'era un gruppo di tende verdi, ed è stato facile identificare la mia, dato che i bagagli erano davanti all'ingresso. Il rosa shocking delle valigie e il verde bosco della tela facevano un po' a pugni. Non avrei mai accostato quei colori, dovevo tenerne conto in futuro.

Siamo salite sulla piattaforma di legno della tenda. Il tetto era costituito da un telone, e fuori c'erano due sedie a sdraio.

— Il pavimento della tenda è di cemento e ci sono prese elettriche — ha detto Renée.

Dopo aver aperto la cerniera, ha scostato la tela ed è entrata. Io l'ho seguita, ma... un momento... c'erano dei vestiti sul letto, e non erano i *miei*.

— Dev'esserci un errore: in questa tenda c'è già qualcuno.

— La tua compagna di stanza.

Sono rimasta a bocca aperta. — Devo spartire questa tenda con qualcuno?

— Due letti, due persone.

— Io non spartisco proprio niente.

Renée si è esibita nel suo solito sorrisino. Odiavo quell'espressione.

— Questo è l'unico letto libero in tutto il campo, quindi credo che le opzioni siano di nuovo limitate. Vuoi continuare a discutere o preferisci disfare la valigia e farti quella famosa doccia?

— Voglio farmi la doccia.

Diciassette ore in volo e sei in un camion polveroso avevano fatto della doccia praticamente la mia priorità assoluta.

Ho dato un'occhiata in giro. — Dov'è la mia doccia?

— La *tua* doccia si trova in fondo al sentiero, nel grande edificio di cemento.

Sono rimasta di nuovo a bocca aperta. — Non vorrai dire che devo condividere la doccia con tutti gli altri, vero?

— No, non con tutti, solo con le ragazze. Due box per i maschi e due per le femmine. Docce comuni.

In vita mia non avevo mai dovuto condividere una stanza, una doccia o un bagno. Forse era meglio andare in prigione. Poi mi sono ricordata del gabinetto di acciaio inossidabile nella cella di detenzione: no, meglio "in fondo al sentiero".

— In questo momento non mi interessa. Voglio solo infilarmi sotto una doccia calda e restarci un sacco.

— Ora puoi farlo, ma al mattino no.

— Come no?

— Ricordati che sono docce comuni. Se ci stai troppo tempo, fai aspettare gli altri. E poi abbiamo dei boiler piccolissimi, quindi se usi troppa acqua calda non ne rimarrà per gli altri, e non sarebbe giusto.

Giusto un corno, l'importante era ottenere ciò che volevo. E c'era solo un modo per riuscirci: alzarmi presto e fare la doccia per prima. In quel modo avrei avuto sicuramente l'acqua calda, e non mi importava se sarei stata l'unica ad averla. Dovevo solo capire quanto presto era "presto".

— Renée, di solito a che ora ci si alza qui al mattino? — ho chiesto amabilmente.

— Dipende da quanto ci si mette a prepararsi. A qualcuno basta sciacquarsi la faccia e infilarsi qualcosa addosso.

— Sì, me ne sono resa conto — ho detto, mentre mi chiedevo se avesse incassato il colpo. — Ma la colazione a che ora è, e a che ora partiamo?

— La colazione è alle sette, e cerchiamo di essere in strada per le sette e mezzo.

— No, dico sul serio.

— Anch'io.

— Ma ti rendi conto di quanto presto mi dovrei alzare per essere pronta a uscire a quell'ora?! — ho esclamato.

— Ho quasi paura a chiedertelo.

— Possiamo negoziare?

— Ritieniti libera di parlare con gli altri. Qui cerchiamo di discutere, di costruire il consenso.

Mi sono sforzata di non sorridere. Ero piuttosto sicura che li avrei convinti a fare praticamente quello che volevo. Non sarebbe stato difficile.

— Devo avvisarti, però, che questo gruppo è piuttosto fanatico.

— In che senso?

— Che sono pieni di entusiasmo. Ieri, a fine giornata, volevano fermarsi a lavorare nella scuola, e stavano parlando di alzarsi più presto oggi per arrivare prima e mettersi subito al lavoro.

Sono stata assalita da un pensiero terribile: se avessi fatto la proposta, forse avrei rischiato di dovermi alzare ancora prima. Forse non dovevo essere così sicura di poterli convincere. Quei ragazzi erano un po' strani, e certamente diversi dalla gente della mia scuola e del mio gruppo. E i ragazzi strani potevano avere uno strano modo di pensare.

— Sarebbe certo una discussione interessante — ha detto Renée.

Odiavo la parola "interessante", poteva significare praticamente tutto.

— Ho l'impressione che tu sia un'oratrice molto persuasiva — ha continuato. — Scommetto che di solito sei in grado di far fare alla gente un sacco di cose, o sbaglio?

Mi ha fatto un sorrisetto, e ho capito che era una frecciatina.

— Be', come si dice... senti chi parla! — ho risposto, e le ho sorriso anch'io.

Ho cercato di fare un piccolo calcolo mentale. Se avessi tirato fuori i vestiti la sera prima, avrei risparmiato almeno un quarto d'ora. Mi serviva un'ora per trucco e capelli e almeno quindici minuti per la doccia. La colazione non dovevo farla per forza. Perdere qualche chilo non sarebbe stato il mio peggiore souvenir dell'Africa. Sarebbe stata un'opportunità per pesare davvero cinquanta chili. Ciò significava che, per uscire alle sette e mezzo, avrei dovuto alzarmi come minimo alle... sei e un quarto. Okay, era assolutamente da pazzi! Mi era capitato di fare così tardi, ma non mi ero mai svegliata così presto!

— Non è possibile, davvero. Ti avverto fin da ora che non sono proprio mattiniera.

— Immagino che questo spieghi tutto — ha risposto lei.

— Ti senti appagata a tirarmi frecciatine?

— No, lo faccio gratuitamente. Fatti una doccia e un riposino, ci vediamo a cena.

Mi sono seduta, pensando alle procedure del mattino. Se volevo apparire al meglio non c'era alternativa: dovevo svegliarmi prestissimo. Ma in effetti, cosa me ne importava di quel che pensavano quelli lì? Nessuno di loro aveva lo stile o la classe per riuscire a comprendere neanche lontanamente i miei abiti, il mio aspetto o quello che facevo. Potevo semplicemente dormire di più e... No, non potevo. Nonostante la loro mancanza di stile, dovevo mantenere un certo livello. Dovevo comunque impressionare me stessa.

CAPITOLO 10

Ho provato a schiacciare un pisolino, ma non ci sono riuscita, perdendomi invece nei miei pensieri. Tutto quello che stava succedendo era così surreale che continuavo a rimuginarci su.

Ho sentito che la cerniera della tenda si apriva: era arrivato il momento di conoscere la mia compagna. Mi sono tirata su a sedere e…

— Ah, sei tu! — ho esclamato. Era quell'*orribile* Christina.

— Sì, che spirito d'osservazione. — Si è lasciata cadere sul letto, esattamente sui vestiti e gli oggetti vari sparpagliati sopra.

L'ho guardata, ma lei mi ha ignorato. Era coperta di polvere e fango, in perfetta tenuta da letto.

— Sei lercia — le ho detto.

— E stanca, ma almeno è una stanchezza sana.

Non capivo esattamente cosa intendesse dire. — Cosa hai fatto?

— Fondamentalmente ho impastato cemento. — Si è messa a sedere e ha buttato le gambe oltre il bordo del letto per guardarmi in faccia. — Hai idea di quanto lavoro richieda l'impasto? Ma cosa dico? Ovvio che non ne hai idea.

Voleva essere senz'altro un insulto, ma io l'ho preso come un complimento.

— Ho anche intonacato e aiutato a montare una finestra. Siamo quasi a tre quarti della costruzione.

— State costruendo una casa?

— Una scuola. È per questo che siamo qui... Lo sai, no?

— Certo che lo so. — Naturalmente ero riuscita a evitare di ascoltare quanto erano andati blaterando prima.

— È meglio se mi faccio una doccia e mi cambio prima di cena — ha detto.

Si è alzata, ha afferrato un'altra maglietta "cambia il mondo", un asciugamano e un piccolo beauty e si è diretta alla porta.

— Quanto manca per la cena? — le ho chiesto.

— Circa tre quarti d'ora.

Sono saltata in piedi. — Quindi dovrei prepararmi anch'io.

Mi ha lanciato uno sguardo interrogativo. — Che altro hai bisogno di fare?

Ho sorriso. Era troppo tardi per fare una prima impressione migliore, ma intendevo essere assolutamente strepitosa alla seconda apparizione.

— Voglio ritoccarmi il trucco e ho davvero bisogno di stirarmi i capelli. Questa umidità è devastante. Sai dove posso usare la piastra?

— Forse a Nairobi.

— No, no, non hai capito. Dico qui dentro, nel campo.

— No, sei tu a non capire. Il generatore viene acceso solo per qualche ora, di sera, quando fa buio.

— E questa roba, il generatore, che importanza avrebbe…?

Mi ha rivolto uno sguardo "alla Renée". — Il generatore produce elettricità, e il tuo affare per i capelli funziona con l'elettricità. A meno che non vada a batteria.

— Ma è ridicolo.

— Certo molto meno ridicolo che portarsi una piastra per capelli nel mezzo del Masai Mara.

— Ridicolo è non avere l'elettricità. Tutti hanno l'elettricità.

— Tutti nel mondo da cui vieni *tu*.

Sì, lei invece veniva dal deserto.

— Qui è fornita da un generatore, per chi è abbastanza ricco da poterselo permettere. Ma penso tu sappia tutto sull'essere ricchi.

Ha pronunciato quel "ricchi" come una specie di parolaccia. Non avevo intenzione di passarci sopra.

— Immagino che ai locali sembreremo tutti ricchi — ho ribattuto.

— Lo siamo. Più ricchi di quanto non riescano nemmeno a sognare.

— Ma almeno c'è qualcuno che viene qui perché vuole aiutare.

— Sì, questo vale per *alcuni* di noi.

Quella frase non dava adito a fraintendimenti. Lei era

una degli *alcuni* che erano venuti ad aiutare, e io no.

— Ma mi viene da pensare una cosa — ho continuato. — Non sarebbe molto meglio per la gente di qui se, invece di venire noi a fare un po' di lavoro, mandassimo i soldi dei nostri biglietti aerei? Ti immagini quanta gente avresti aiutato inviando semplicemente i tuoi soldi, invece di te stessa? Una differenza sorprendente!

Mi ha rivolto lo sguardo più freddo e schifato che si possa immaginare, ha aggiunto qualcos'altro a bassa voce ed è uscita dalla tenda. Ho dovuto trattenermi per non scoppiare a ridere. Un punto per me. Non solo l'avevo messa a tacere, l'avevo anche fatta andar via! Con lei poteva bastare. Avevo qualcosa di più importante di cui preoccuparmi ora: i miei capelli.

Niente elettricità significava niente arriccia-capelli, niente piastra e perfino niente phon. Potevo fare delle meraviglie anche solo con il phon, se necessario. Questa gente si prendeva cura dei capelli come all'epoca dei dinosauri! Ma che ci potevo fare io? Renée aveva ragione: quello non era un carcere… perché in carcere c'era l'elettricità.

Nonostante tutti i miei sforzi, sono stata l'ultima ad arrivare a cena, e quasi tutte le sedie erano occupate. Ho esaminato la scena: c'erano solo due posti liberi, uno vicino a Renée, di fronte a Christina – potevo capire perché nessuno ci si fosse seduto – e l'altro esattamente in mezzo al "gruppo-chiesa". A proposito di opzioni limitate. Ho immaginato che il servizio in camera fosse fuori questione, quindi ho riflettuto rapidamente. Se mi fossi seduta vicino a Renée e a Christina avrei dimostrato loro che non le temevo. Ma avrei anche potuto dare l'impressione sbagliata, cioè che le apprezzavo davvero. Avrei dovuto correre quel rischio, non potevo far percepire la mia paura.

In tutto ciò c'era solo una cosa positiva: avevo la possibilità di fare un'entrata trionfale. Mi sono messa a posto la sciarpina e poi, lentamente, ho iniziato ad attraversare la sala da pranzo, con i tacchi che picchiettavano sul pavimento di legno. Ho cercato che non si notasse troppo che guardavo le teste che si giravano nella mia direzione.

— Alexandria! — ha strillato una delle ragazze della chiesa. Si è alzata in piedi agitando la mano come una forsennata e ha indicato il posto libero al suo tavolo.

Ormai non avevo scelta. Lentamente e deliberatamente, come pavoneggiandomi in passerella, ho lanciato un'occhiata per la stanza. Non avevo bisogno di guardare per sapere di essere osservata. Qualunque ragazzo che non mi stesse fissando aveva certo qualche problema sessuale da risolvere. Con o senza piastra, sapevo di stare bene.

— Probabilmente non ti ricordi tutti i nostri nomi — ha detto la ragazza. — Io sono Sarah.

— Certo che mi ricordo di te — ho mentito.

Ancora una volta, uno per uno, tutti quelli che stavano attorno al tavolo si sono presentati. Mi ripetevo ciascun nome nella testa, perché era il modo migliore per associarli alle facce. Avevano nomi vivaci, perfetti per quei vivaci sorrisi.

Tenevo un orecchio sintonizzato sulla conversazione che si svolgeva attorno a me, mentre con l'altro origliavo cosa veniva detto al tavolo accanto, un tavolo con persone e chiacchiere diverse, ma lo stesso atteggiamento. Là dentro sembravano tutti gasatissimi. Era come una gigantesca squadra di *cheerleading*, fatta eccezione per l'uniforme. Anche se, a essere sinceri, c'erano così tante magliette "cambia il mondo" che sembrava fossero davvero in uniforme. Personalmente ero convinta che il mio abbigliamento fosse parecchie spanne al di sopra della media. Indossavo una maglietta di seta color avorio e un paio di pantaloncini verde bosco. Ero felice di avere messo i tacchi bassi, invece che alti. Spiccavano bene sulle scarpe da ginnastica e sui sandali che portavano tutti gli altri, ma senza risultare troppo provocatori. Forse avrei dovuto aggiungere la giacca di lino verde scuro per far risaltare la tonalità dominante...

— Alexandria?

Ho sussultato abbandonando i miei pensieri.

— Vuoi tè o caffè con la cena? — mi ha domandato Sarah, indicando alle mie spalle un cameriere che reggeva due brocche.

— Potrei avere un'acqua frizzante, piuttosto?

— Acqua? — ha chiesto il tizio.

— Sì, Perrier o Evian.

— Tè o caffè — ha ripetuto.

— Voglio…

— Te la porto io — è intervenuto Tim saltando in piedi. Giusto, Tim, l'unico candidato quasi accettabile per un flirt innocente. Ha attraversato la stanza di corsa, è tornato con una bottiglia d'acqua e me l'ha passata.

— Ma questa è acqua normale — ho detto con disappunto. — Io la voglio gassata.

— Mi spiace — ha replicato lui.

— È tutto quello che possono fare qui — mi ha spiegato Sarah. — Almeno con l'acqua in bottiglia non starai male. Non si può bere l'acqua del rubinetto, perché potrebbe essere contaminata.

— Contaminata?

— Ci sono un sacco di germi nell'acqua. Anche in quella di fonte, che è da dove la prendiamo qui. Non bisognerebbe nemmeno lavarsi i denti con l'acqua del rubinetto.

Ah, mi ci ero già sciacquata la bocca!

— E se lo fai una volta sola?

— Probabilmente non succede niente — mi ha tranquillizzato Sarah. — Soltanto non lo rifare.

— Sì, non ti preoccupare — ha detto Tim. — Vogliono solo che si stia molto attenti, tutto qui. Ecco, senti la mia mano — ha aggiunto, appoggiandola sul tavolo di fronte a me e a Sarah.

Caspita, questo sì che era davvero fuori luogo. Cosa diamine c'entrava con l'acqua potabile?

— Ehi, non ci posso credere, che ruvida! — ha esclamato Sarah, passando la mano su quella di lui.

Peccato che fossi abbastanza sicura che non puntasse esattamente a lei, con quell'invito.

— Senti — ha ripetuto Tim rivolto a me.

"Ci ho azzeccato di nuovo!"

Ho passato rapidamente le dita sul suo palmo: sembrava carta vetrata.

— Ho anche un paio di calli.

Affascinante.

— Scommetto che non ti dimenticherai più i guanti — ha osservato Sarah.

— Credo proprio di no, ma non volevo perdermi il divertimento. Costruire quella scuola è davvero fantastico!

Lavoro fisico e *divertimento* erano due concetti che tendevo a non accostare in una frase, a meno che non ci fosse di mezzo dell'ironia, dello humour nero o del sarcasmo.

— Hanno terminato i guanti? — ho domandato, sperando che non ne fosse rimasto un paio per me e che quindi potessi evitarmi il lavoro.

— Dovremmo portarli noi — ha detto Sarah. — Tu li hai portati, no?

Ho scosso la testa.

— Ma c'era scritto nelle note informative.

In effetti avevano mandato una lunga e barbosissima e-mail, ma l'avevo cancellata automaticamente.

— Non ho avuto il tempo di procurarmeli — ho cercato di spiegare. — Fino a una settimana fa non sapevo nemmeno che sarei venuta.

— Ma come hai fatto a raccogliere i fondi per il viaggio così in fretta? — mi ha chiesto una delle ragazze, Andrea.

— Non ho raccolto fondi, mio padre mi ha semplicemente firmato un assegno.

— Tuo padre dev'essere ricco! — ha esclamato Sarah.

"Be', sì!"

— Ricco no, diciamo benestante. — Non era il caso di vantarmi dei nostri soldi, ma era vero: rispetto a quasi tutti quelli che conoscevo, eravamo ricchi. — Mio padre dice che Donald Trump è davvero ricco — ho buttato lì.

— Sì, certo che è ricco — ha concordato Tim.

Era arrivato il momento di pavoneggiarsi un po'. — Ed è davvero una bella persona.

Tutti hanno smesso di mangiare, interrompendo il boccone a metà, e mi hanno guardato con uno strano miscuglio di sorpresa, dubbio, soggezione e confusione.

— Conosci Donald Trump?

— Non è che lo conosca bene. L'ho solo visto qualche volta. E sono passata a casa sua... be', diciamo in *una* delle sue case, il grande attico nell'Upper East Side di Manhattan... Davvero bello. Ha un ottimo gusto, oppure un ottimo architetto.

— Ma com'è che fai a conoscerlo? — ha domandato Tim.

— Mio padre ha concluso degli affari con lui.

— Che fico! Ehi, e ha mai detto a tuo padre "sei licenziato", come nel suo reality?

— Evidentemente non conosci mio padre — ho ridacchiato. — Non lavorava per Donald, erano come soci. — Mio padre era il socio di grado più basso, ma non vedevo perché quei tizi dovessero saperlo.

A giudicare dalle loro espressioni, erano rimasti davvero impressionati. Buttare lì un nome può far colpo, sempre che sia il nome giusto. Mi sono proposta di buttarne lì qualche altro nelle settimane a venire. Quella gente era così fuori dal giro che avrei potuto dire di conoscere praticamente chiunque e non avrebbero capito che me lo stavo inventando. Per dir bene una balla, il segreto sta nel mantenere il racconto piuttosto sobrio in modo da ricordarselo, ma aggiungendo particolari per renderlo credibile.

— Non so che fare — ho detto. — Non ho portato i guanti e non credo di poterli comprare qui.

— Puoi usare i miei — si è offerto Tim.

Ecco, in questo caso *non* desideravo il suo aiuto.

— È carino da parte tua, ma ti servono. Se quei calli peggiorano, non potrai più lavorare, e non vorrei essere io la responsabile.

— Non c'è problema — è intervenuta Sarah. — Renée ne ha sempre qualche paio di scorta.

— E perché non ne ha offerto uno a Tim?

— Li ha qui al centro, non alla scuola. Non scordarti di dirglielo, e ne porterà un paio anche per te — mi ha rassicurato.

— Lo farò.

"Sì, certo, ma non prima che l'inferno congeli. O che io mi vesta ai grandi magazzini." Se non l'avessi accennato a Renée, magari me la sarei cavata senza lavorare per un giorno, o almeno avrei evitato cose troppo manuali. Magari potevo dirigere i lavori.

— Sarebbe un vero peccato se ti rovinassi quelle mani — ha aggiunto Tim. — Sembrano così morbide.

Ho sorriso. Con quello che spendevo in creme, ci mancava solo che non fossero morbide.

— A me fanno impazzire le tue unghie — ha detto Sarah, sollevandomi una mano e guardandola da vicino.

Non so se l'avesse notato, ma la tonalità calzava a pennello con gli orecchini. Ho girato leggermente la testa tirando indietro i capelli con l'altra mano per farglieli vedere meglio, ma lei continuava a guardarmi le unghie.

Con quel gruppo la raffinatezza non avrebbe funzionato, nemmeno la raffinatezza ovvia.

— Come riesci a farle così perfette? — mi ha chiesto Sarah.

— Mi faccio dare un aiutino — ho detto. — Sono di acrilico.

— Hai le unghie finte! — ha esclamato lei ad alta voce.

Le ho fatto segno di non urlare. — In realtà non direi "finte", Sarah, piuttosto "artificiali".

— Non ci sarei mai arrivata.

— Il segreto infatti è mantenere uno stile naturale. Devono essere abbastanza lunghe da essere belle e farsi notare, ma mai troppo. Non c'è niente di peggio di chi tiene le unghie come artigli. Gli artigli sono per le streghe e per le bestie...

Sull'ultima frase sono stata interrotta da un suono forte e irritante. Abbiamo smesso tutti di parlare e ci siamo voltati in direzione del rumore. L'uomo che mi aveva offerto il caffè teneva in mano una grande campanella di metallo, come quelle che usano gli insegnanti per richiamare in classe i bambini dopo l'intervallo.

— La cena è pronta — ha detto. Ha indicato un lungo bancone con vassoi e scodelle pieni di cibo, e piatti e posate ammucchiati in fondo.

Tutti hanno cominciato ad alzarsi.

— Un buffet, che bello! Dev'essere come in quei posti dove puoi mangiare quanto vuoi a prezzo fisso.

— Adoro quei posti! — ha esclamato qualcuno, ed ero certa che lo dicesse senza un filo di sarcasmo.

— Se vuoi ti porto un piatto, tu resta seduta — si è offerto Tim. — Sicuramente sei ancora un po' stanca.

— Che carino — ho detto, al che lui è arrossito e ha guardato a terra. — Ma mi posso servire da sola.

Mi sono alzata. In ogni caso lui non aveva idea di cosa mi piacesse. E poi avevo scoperto presto che monopolizzare l'unico ragazzo decente di un gruppo è una pessima idea se ti vuoi fare amici e avere influenza sulle persone. Chi lo sa, magari un giorno avrei potuto aver bisogno di una di quelle ragazze più di quanto ne avessi di lui.

CAPITOLO 11

— Mentre finiamo il dessert — ha detto Renée — inizieremo il nostro seminario.

Seminario... Mi sapeva sospettosamente di scuola. D'accordo, potevano farmi venire qui, e anche parlarmi, ma non potevano obbligarmi ad ascoltare... e di certo non a imparare.

— Tutti voi, fatta eccezione per Alexandria che ancora non ne ha avuto l'opportunità, avete conosciuto i Masai e avete lavorato con loro. Stasera impareremo alcune cose nuove sulla loro cultura, la loro storia e le loro tradizioni. A farmi da assistente ci sarà Nebala.

L'uomo è uscito dall'ombra. Aveva ancora la sua veste rossa e la coperta. Avevo la sensazione che il suo guardaroba fosse piuttosto limitato ed esclusivamente di tonalità rosse. Sempre meglio di una tuta arancione, ma non troppo.

Reggeva una lancia, a proposito di stereotipi. Gettati su una spalla teneva un arco di legno e una specie di recipiente, che ho immaginato contenesse frecce.

— Questo — ha detto Renée indicando Nebala — è l'individuo più temuto di tutta l'Africa, un guerriero masai.

In effetti a Fred Flintstone avrebbe fatto paura. Qualunque altra cosa, dal kalashnikov al moschetto, sarebbe parsa più pericolosa. Mi aveva spaventato solo in aeroporto, quando se n'era sbucato fuori dal buio cercando di rubarmi le valigie.

— Secondo la leggenda, questa popolazione è arrivata dal Nord, dall'attuale Sudan — ha spiegato Renée. — Essendo pastori nomadi, i Masai seguivano le loro mandrie di bovini verso sud in cerca di pascoli. Per loro solo la famiglia è più importante del bestiame.

Se avessi saputo che ero qui per questo, mi sarei portata dietro l'iPod. Avevo trascorso un sacco di tempo, a scuola, a perfezionare l'attorcigliamento del cordino con la collana, il passaggio dietro il collo e l'occultamento degli auricolari fra i capelli. L'anno prima avevo avuto la media del sei e mezzo in matematica, e avevo ascoltato tutte le lezioni con la musica in un orecchio e il bla-bla dell'insegnante nell'altro. So che con entrambe le orecchie avrei potuto fare meglio, ma nella vita bisogna pur fare dei sacrifici.

— Fra tutte le tribù del Kenya, i Masai sono quelli che meno si sono allontanati dalla vita tradizionale. È per questo che di solito sono considerati come i più arretrati, anche perché rifiutano i modelli occidentali...

Fatta eccezione, forse, per i telefoni cellulari.

— Al contempo vengono rispettati per essere così orgogliosi della loro eredità. L'orgoglio è una delle caratteristiche più importanti della popolazione masai, ed è connesso all'onore, all'integrità e, naturalmente, al loro leggendario coraggio.

In effetti suppongo ci voglia un bel coraggio per apparire in pubblico vestiti con una coperta.

— Ho già accennato all'importanza del bestiame per i Masai, ma dobbiamo parlarne ancora. I Masai si descrivono, semplicemente, come guardiani di bestiame, e la ricchezza di un uomo si misura dal numero di capi che possiede.

Per poco non scoppiavo a ridere, ma poi ci ho pensato meglio. Dopotutto, la cosa era piuttosto logica. Le mucche erano visibili, si potevano contare e stavano sotto gli occhi di tutti, così come Mercedes, case, vestiti costosi e gioielli, a parte il fatto che era più facile stimarne il valore. Non bisognava nemmeno cercare di capire se qualcuno aveva esagerato con i crediti, e in realtà tutti i suoi beni erano della banca. Non credo esistesse un sistema di credito per le mucche. O le avevi o non le avevi. Ed era difficile che una banca potesse impedirti il riscatto dell'ipoteca sulla mucca.

— La leggenda dice anche che tutto il bestiame del mondo appartiene ai Masai, per cui è ritenuto illegale che altri ne posseggano. Quindi, per un Masai, riprendersi un capo di bestiame significa semplicemente reclamare ciò che è suo.

— Riprendersi? — ha chiesto un ragazzo. — Vuoi dire che rubano le mucche degli altri?

— I Masai non lo considerano esattamente un furto, quanto una rivendicazione.

— Da me si chiama abigeato, e la gente lo prende piuttosto sul serio — ha replicato il ragazzo.

C'era una sfumatura nella sua voce che mi ha fatto pensare che quel tizio prendesse le mucche abbastanza sul serio. Era piuttosto bizzarro... e patetico, e anche triste, in un certo senso.

— Lo prendono molto seriamente anche qui — ha detto Renée. — Proprio la settimana scorsa, a circa ottanta chilometri dal nostro campo, c'è stato uno scontro fra i membri di due gruppi. — Si è voltata verso Nebala: — Sai poi com'è finita?

— Undici vittime, di cui due Masai.

Uccisi per un branco di mucche? Eppure in un certo senso capivo. Mucche, soldi, gioielli, oro, petrolio: che differenza faceva?

— Ora questi conflitti sono molto, molto meno diffusi che in passato — ha sottolineato Renée. — Ma ovviamente esistono ancora. E in questi casi i Masai ritengono che l'uccisione di un membro di un'altra tribù non sia assassinio.

— Possono uccidere senza che sia considerato omicidio? — ha domandato lo stesso ragazzo. Il furto di mucche non doveva sembrargli più una cosa tanto seria.

— No, il governo keniota non concorda con le credenze masai. Arrestano chiunque commetta un'aggressione, un assassinio o un furto di mucche — ha risposto Renée. — E ora, torniamo di nuovo al bestiame. Un pasto masai tradizionale comprende latte e sangue di bovini.

Parecchi si sono messi a gemere.

— Sangue… Bevono sangue? — ho chiesto. Ero rimasta a bocca aperta: ma eravamo in Kenya o in Transilvania?

— Sì, fanno un'incisione sul collo dell'animale — ha risposto lei. — Ma ormai è raro che succeda. Fondamentalmente solo in occasione di alcune cerimonie, o per i raduni tradizionali.

— Noi normalmente ordiniamo una torta gelato — ha detto Sarah, e tutti si sono messi a ridere.

— E tu, Nebala? — ha domandato Renée.

— Io preferirei una Tusker.

Renée e i membri dello staff sono scoppiati a ridere, mentre gli altri li guardavano con aria interrogativa.

— Tusker è la marca di birra più popolare in Kenya — ha spiegato Renée. — E anch'io preferirei una Tusker fresca a un tiepido miscuglio di sangue e latte. Ora lascio la parola a Nebala, che ci dirà come un ragazzo masai diventa uomo.

Nebala ha fatto un passo verso il centro, poi ha scostato la coperta mostrando le armi. Ha tirato fuori la mazza di legno e l'ha appoggiata sul tavolo.

— Questa è una *konga*. Si può afferrare come una mazza nei combattimenti a breve distanza, o la si può lanciare su un obiettivo lontano.

Poi, da un fodero che teneva appeso alla cintura, ha sfilato un lungo coltello.

— Questa è una spada — ha detto brandendola e,

mentre la faceva ruotare lentamente, la lama ha scintillato. Sembrava affilatissima. — Il suo scopo è chiaro — ha aggiunto, collocandola sul tavolo di fianco alla *konga*.

Si è tirato giù dalla spalla l'arco e il lungo recipiente e ha aperto quest'ultimo estraendone una freccia.

— Per obiettivi piccoli e lontani. A volte la punta della freccia viene immersa in un veleno che si ottiene dalla radice di una pianta.

— Devo far notare che Nebala, come ogni Masai, è un grande esperto di animali e piante del Masai Mara — è intervenuta Renée — e sa che uso farne. In realtà è un esperto di tutte le cose viventi.

— Siamo esperti anche di pietre, acqua, vento, stelle e cielo. Per noi anche questi sono esseri viventi, e hanno uno spirito — ha aggiunto lui.

A questo punto ha sollevato la lancia: era talmente lunga che superava la sua altezza.

— Questa è l'arma più importante — ha detto brandendola in aria. La sua voce era più tranquilla, e il suo tono solenne e serio mentre fissava la lancia.

— È con questa che il ragazzo deve uccidere il leone.

Ha diretto lo sguardo su di noi, e la sua espressione faceva quasi paura. Ho dovuto fare uno sforzo per non distogliere gli occhi, anche se non stava guardando direttamente me.

— Un gruppo di giovani va a cercare un maschio di leone, lo circonda e gli si avvicina. Il ragazzo che per primo colpisce l'animale con la lancia riceve la testa, la criniera. Chi lo colpisce per secondo, la coda.

— Senza offesa — ha detto uno dei ragazzi — ma io vorrei qualcosa di meglio di una lancia, se dovessi uccidere un leone.

— Sembra tremendamente pericoloso — ha aggiunto un altro.

Nebala ha fatto cenno di sì con la testa. — Molti muoiono, infatti, e quasi tutti rimangono feriti. — Si è tirato giù la tunica svelando una serie di larghe cicatrici sul braccio e sulla spalla. — Il leone mi ha colpito quando l'ho colpito io.

Si è sollevato un coro di gemiti, risatine e commenti.

— E l'hai ucciso? — ha chiesto il primo ragazzo.

— Se non l'avessi fatto, non sarei qui a raccontarlo. La lancia gli è penetrata nel petto. È stato il secondo che ho ucciso.

— Quanti leoni hai ammazzato? — ha domandato Christina.

— Sette.

— Sembra così crudele, e inutile — ha commentato lei.

— Per diventare guerriero, un ragazzo lo deve fare.

— Mi sembra crudele lo stesso.

— In effetti — ha osservato Renée — i servizi governativi per la protezione della fauna hanno appena dichiarato questa pratica fuorilegge. Ora uccidere un leone è illegale, eccetto in caso di autodifesa o per eliminare un animale che ha predato in modo consistente una mandria.

— Questa è una buona cosa — ha commentato Christina.

— Davvero? — ho chiesto, prima ancora di pensare di tacere.

Mi hanno guardato tutti.

— Be', stavo solo riflettendo che se ora è illegale uccidere leoni, un ragazzo come diventa uomo?

— Nebala? — gli si è rivolta Renée.

Lui non ha risposto subito. Sembrava che stesse fissando qualcosa in lontananza, poi ha scosso lentamente la testa. — Non lo sappiamo... non lo sappiamo.

— Ci sono altre domande? — ha chiesto Renée.

Un sacco di gente ha alzato la mano. Anch'io avevo una domanda, ma non avrei alzato la mano come una bimbetta a scuola, l'avrei semplicemente fatta. — Tu sei sempre vestito di rosso, e anche l'altro Masai che ho visto lungo la strada lo era. Perché?

— Qualcuno crede che sia un avvertimento per i leoni che, vedendo il rosso, scappano — ha spiegato Nebala. — Altri dicono invece che il leone sia attratto dal rosso perché sembra il sangue di una preda fresca, quindi punta al guerriero e lascia stare il bestiame.

— E cos'è vero?

— Entrambe le cose.

— Non possono essere vere entrambe — ha protestato un altro ragazzo.

— Una cosa può essere contemporaneamente diverse cose — ha risposto Nebala.

Non capivo se fosse un pensiero profondo o se stesse solo citando una frase buona per qualche adesivo o un bigliettino dei cioccolatini.

— Ma la maggior parte degli animali non vede i colori — ha obiettato Christina. — Sono piuttosto sicura di aver letto da qualche parte che i leoni non riescono a vederli. È uno di quei miti, come i toreri che portano il mantello rosso perché attrae i tori, ma nemmeno i tori distinguono i colori.

— Non ho letto quei libri — ha detto Nebala sorridendo. — E i leoni neanche. Magari la prossima volta che ne incontro uno gli chiedo cosa ne pensa.

C'è stato uno scroscio di risate, fra cui la mia. Qualcuno rideva per il commento di Nebala, ma io per la domanda di Christina. Era così presuntuosa. Dunque aveva letto, capirai! Sapevamo tutti leggere.

— Altre domande? — ha chiesto di nuovo Renée.

— Se è considerato omicidio solo quando un Masai uccide un altro Masai, allora come risolvono le controversie fra due guerrieri? C'è un tribunale, un giudice o qualcosa? — ha chiesto Jimmy.

Nebala ha alzato la *konga*.

— Vi picchiate? — ha domandato Jimmy, sconvolto.

— Lanciamo la *konga* e vediamo chi la manda più lontano — ha spiegato Nebala.

— E il lancio più lungo vince?

— Chi fa il lancio più lungo inizia. Vieni, ti faccio vedere.

Jimmy si è alzato in piedi e, incespicando nella sedia, si è fatto avanti. Sembrava nervoso.

— Mettiti di fronte a me, qualche passo più indietro — gli ha ordinato Nebala. — Se la lancio più lontano io, spetta a me il primo lancio… contro di te.

Ha fatto oscillare la *konga*, come se si accingesse a lanciarla. Jimmy ha cacciato un urlo e ha fatto un salto all'indietro. Nebala teneva ancora la mazza in mano.

— Se l'altro si tira indietro o si muove, come hai fatto tu, perde la disputa.

— E se non si tira indietro? — ha domandato qualcuno.

— Se sopravvive al colpo, tocca a lui lanciare. Si tira a turno finché uno dei due non si muove o non muore.

— E se non si muove, ma viene colpito alla testa e ucciso?

— Allora sarà morto con grande onore — ha concluso Nebala.

Senza pensarci mi sono messa a ridere, e tutti si sono voltati verso di me.

— Alexandria? — ha detto Renée. — C'è qualcosa che ti fa ridere?

— No, davvero… non è niente.

— Qualcosa ci sarà — ha replicato Christina — se no non avresti riso. Per favore, condividi con noi questo momento di ilarità. Non devi aver paura di parlare.

Sapevo cosa stava facendo: nessuna di noi aveva in mano una *konga*, ma quella era una sfida. E non sarei stata io a muovermi.

— Stavo pensando che i Masai mi ricordano i Klingon di “Star Trek”.

Christina è scoppiata a ridere come se avessi detto la cosa più idiota del mondo, e alcuni l’hanno imitata, ma non con lo stesso entusiasmo. Io sono rimasta seria, senza muovermi e senza lasciar trapelare alcuna emozione.

— Non puoi proprio comparare una brutta serie televisiva con l’orgogliosa cultura dei Mas…

— Ho sempre pensato la stessa cosa — l’ha interrotta Nebala.

— Conosci “Star Trek”?! — ha esclamato Christina, incredula.

— Sono andato a scuola a Nairobi. Vivo in Kenya, non su Giove.

Stavolta si sono messi a ridere tutti, meno Christina.

— E con questa considerazione, penso che dovremmo prepararci per andare a dormire. Domani arriverà presto… molto presto — ha detto Renée guardando direttamente me.

Tutti si sono alzati senza discussioni. Questi non erano adolescenti, sembravano diligentissimi bambini delle elementari, bambini delle elementari e per giunta smidollati.

Mentre lasciavano la sala da pranzo uno dietro l’altro dirigendosi verso le tende, mi sono avvicinata a Nebala che stava rimettendo via le armi.

— Davvero hai sempre pensato che i Klingon assomigliassero ai Masai? — ho chiesto a bassa voce per non farmi sentire da qualcuno.

— È quello che ho detto.

— La mia domanda era un'altra, però.

Non ha risposto, ma io avevo deciso che non me ne sarei andata finché non l'avesse fatto.

— Be'?

— Ho visto quel programma qualche volta e capisco cosa intendi.

— Ma non l'hai mai pensato prima, vero?

Ha scosso la testa.

— Allora perché l'hai detto? Perché hai detto di essere d'accordo con me?

Lui ha sorriso. — Perché non ti sei mossa.

CAPITOLO 12

— Non è stato piacevole — ha detto Sarah. Aveva i capelli bagnati e stava tremando.

— L'acqua era incredibilmente fredda — ha concordato Andy. Buon per lei che non aveva tanti capelli da doversi preoccupare davvero di uno shampoo decente.

— Gelida — ho confermato io. — Sono stata la prima a farmi la doccia stamattina, e l'acqua era già fredda. Il boiler deve avere qualcosa che non va.

Quello che non andava nel boiler era che non risultava abbastanza grande da erogare acqua calda anche dopo la mia doccia di mezz'ora. Ah, tutte quelle storie solo perché non potevano fare una lunga doccia calda! Sarei stata contenta di farlo notare a Renée, ma poi ho capito che non era una grande idea. Meglio tacere e sorridere. Lei aveva torto e io ragione!

— I tuoi capelli sono belli comunque — ha osservato Sarah.

— L'acqua fredda funziona come quella calda... *Io* infatti non mi sto lamentando. In fondo in Africa ci sono così tante persone senz'acqua che non possiamo protestare perché la nostra non è abbastanza calda.

Con questo si sono zittite subito. Era fin troppo facile:

quei ragazzi erano così coscienziosi, onesti e tormentati dal senso di colpa che me li potevo rigirare come calzini.

— Non ti metti la bandana in testa? — ha chiesto Sarah.

— Non penso. — Certo non in questa vita.

— Ma non hai paura della polvere della strada e del cemento? — ha aggiunto Andy.

— Non molto.

Durante il viaggio avrebbero tirato su i finestrini, e a cemento e polvere non mi ci sarei nemmeno avvicinata. Disgraziatamente mi ero *dimenticata* di accennare a Renée che mi servivano dei guanti, e se avessi lavorato senza avremmo sicuramente infranto qualche legge di sicurezza sul lavoro.

— E i tuoi vestiti sono così belli, non temi di rovinarli? — ha insistito Sarah. — Sembrano molto costosi.

Era davvero carina a preoccuparsene. Indossavo una deliziosa tunica a fiori e un paio di pantaloni alla pescatora intonati.

— Sinceramente sono i vestiti meno cari che ho — le ho risposto, ed era vero. Ma d'accordo, forse le scarpe da ginnastica di Prada avrebbero meritato un po' più di attenzione. In ogni caso non c'era di che preoccuparsi, dato che non avrei lavorato abbastanza da rovinare alcunché.

— Andiamo al camion — ha gridato qualcuno, e ho seguito il resto del gruppo che aveva già formato una breve fila. Non era una buona cosa: essere in coda alla fila implicava più possibilità di ritrovarsi di dietro sul camion. In ogni caso, con tutta probabilità sarei riuscita a farmi cedere il posto praticamente da chiunque. Ma avevo anche un piano di riserva.

Tutta quella polvere non avrebbe aiutato la mia asma, anzi, avrebbe anche potuto causarmi un attacco, un brutto attacco. Diciamo che *avrebbe potuto*, se avessi sofferto d'asma, ma questo chi lo sapeva? Ero una maestra dell'iperventilazione. A volte, da piccola, trattenevo il fiato finché i miei non mi concedevano quello che volevo. Avrebbe funzionato ancora.

Tutti sembravano allegri e pieni di entusiasmo: chiacchiere, risate, battute scherzose. Era gente felice, *felice*. Pensavano che stessimo andando a fare shopping?

Sarah ha seguito la fila che saliva per la scaletta entrando nel retro del camion. Qui ci saremmo separate.

— Io vado davanti — ho detto.

Lei ha guardato giù dalla scala con aria triste. — Ti perderai tutto il divertimento

— Che divertimento? — ho chiesto, anche se ero abbastanza sicura che non avrei avuto grandi rimpianti.

— Cantiamo canzoni e facciamo giochi! — ha esclamato.

— Non so, Sarah, con le cose belle bisogna andarci piano. Lasciami un po' di divertimento per stasera.

Sono andata davanti e ho fatto per salire, quando mi sono ricordata che il sedile del passeggero era dall'altra parte. Non mi interessava guidare quell'affare, il mio cuore batteva per una Mercedes, non per un vecchio camion sfasciato.

Ho fatto il giro e mi sono praticamente scontrata con Renée. — Pensavo di fare compagnia all'autista — ho detto.

— Temo che dovrà sopravvivere senza il tuo sfavillante umorismo. Vanno tutti dietro.

— Ci andrei anch'io… ma non pensi che sarebbe meglio che una persona con l'asma viaggiasse davanti per evitare che la polvere le provochi un attacco? — ho buttato lì.

— Sì, se ci fosse qualcuno che ha l'asma.

— Ce l'ho *io* l'asma.

— No, non ce l'hai.

— Pensi che non sappia se ce l'ho o no? — ho replicato.

— Sì, sicuramente dovresti saperlo, ma sembra invece che tu non lo sappia. Sei allergica alla penicillina, e alcune fibre artificiali ti provocano un eritema.

— Come il poliestere — ho aggiunto.

— Mi sorprende che il poliestere sia stato abbastanza vicino alla tua pelle perché tu te ne sia resa conto — ha detto lei, ridacchiando.

Se stava cercando di insultarmi, era lontana mille miglia.

— Ma non soffri d'asma, e ho dei certificati medici che lo dimostrano.

Mi sono ricordata che mia madre aveva compilato dei moduli che non sapevo a cosa servissero. Be', adesso l'avevo scoperto.

— È una cosa recente, mi è appena venuta.

— Ah, davvero? E lo spray dove lo tieni?

Ho aperto la bocca per dire qualcosa, ma mi sono resa conto che sarebbe stato inutile. Non c'era ragione di intraprendere una guerra impossibile, e quella era già terminata. Ho girato sui tacchi e me ne sono andata.

— Aspetta! — ha urlato Renée, e io mi sono fermata. "Ecco che arriva la ramanzina sulle bugie."

— Non puoi portare quella collana.

Ho alzato la mano e l'ho toccata. Non ci avevo neanche pensato. Sapevo che c'erano posti dov'era meglio non andare con gioielli molto costosi, e di certo la mia collana lo era.

— Dove posso metterla? — ho domandato.

— La chiuderò nel vano portaoggetti del camion.

Stavo per togliermela e passargliela, ma prima le ho chiesto: — Lì sarà al sicuro?

— Sì, come attorno al tuo collo — ha risposto lei.

— Ma non la mettiamo via perché non è sicuro indossarla?

— Il problema qui non sono i furti. Hai ascoltato qualcosa ieri sera?

Quel commento mi ha fatto risentire, dato che avevo sorpreso perfino me stessa: avevo ascoltato tutto.

— Qui la popolazione è Masai. Pensano di possedere tutto il bestiame del mondo, non l'oro e i diamanti. Non ti prenderebbero mai la collana. Anzi, se per caso ti cadesse, un Masai sarebbe disposto a camminare giorni interi per riportartela. L'onestà è parte integrante della loro cultura, tanto quanto il coraggio.

— E quindi perché non me la posso mettere?

— È irrispettosa — mi ha risposto.

— Come fa una collana a essere irrispettosa? — Spesso avevano accusato me di avere atteggiamenti antipatici, ma i miei gioielli mai!

— Quanto vale? — ha chiesto Renée.

— Non ti sembra una questione un po' personale? Peraltro è un regalo, quindi non lo so proprio.

— Avrai pure una vaga idea. È d'oro, giusto?

— Certo.

— E quelle pietre sono diamanti, ne sono sicura. Quanti diamanti sono?

— Quindici. È il regalo di mia nonna per il mio quindicesimo compleanno.

— Quindi è corretto dire che quella collana vale come minimo duemila dollari.

— È corretto dire che ne vale almeno il doppio — ho replicato.

— D'accordo, diciamo quattromila. Ogni dollaro vale sessantaquattro scellini kenioti, quindi la tua collana vale oltre duecentomila scellini.

— Duecentocinquantaseimila — l'ho corretta.

Sembrava sconvolta.

— Quattromila moltiplicato per sessantaquattro. So fare calcoli semplici a mente.

— Okay, se lo dici tu. Quindi, duecentocinquantaseimila scellini. La gente della scuola che visitiamo oggi vive con meno di cinquanta scellini al giorno.

— Non è possibile, perché sarebbero solo settantotto centesimi di dollaro.

— Anche questo l'hai fatto a mente? — mi ha chiesto.

— Sì, ma ho arrotondato. Sarebbero settantotto virgola quindici, ma hai detto che erano meno di cinquanta scellini, quindi ho pensato che fosse corretto. In ogni caso nessuno può vivere con così poco. Non è giusto.

— No, non è giusto, di fatto è assolutamente sbagliato. Ma è così. In un modo o nell'altro sopravvivono con quei soldi. Quindi attorno al tuo collo sta appesa l'esistenza quotidiana di quante persone?

La risposta era cinquemilacentoventi, ma non l'ho detto. Le ho passato la collana e sono andata via.

Tutti si erano già sistemati nel retro del camion, a parte Nebala che si trovava ai piedi della scaletta.

— È un buon giorno per morire — mi ha detto.

— Che?

— È un buon giorno per morire. Non è così che dicevano i Klingon prima di andare in battaglia?

Malgrado tutto sono scoppiata a ridere. Dal camion, per un secondo, tutti hanno guardato giù verso di noi, e poi hanno ricominciato a parlare. Ho sollevato la mano destra con le quattro dita divaricate a V.

— Lunga vita e prosperità.

Nebala ha fatto un sorriso da un orecchio all'altro. Aveva capito che ero una fan segreta di "Star Trek"? Ma non c'era pericolo che lo dicesse a qualcuno che conoscevo, non l'avrei mai incontrato in centro o a una festa.

Sono salita sulla scaletta e sono entrata nel retro. Un coro di "ciao" mi ha accolto, neanche fossi stata via un mese. Quelli lì non sapevano proprio essere *cool*. Ho risposto al saluto malvolentieri.

C'erano due file di sedili doppi e una lunga panca sul retro. Dove avrei dovuto sedermi?

— Vieni qua dietro, ti facciamo spazio! — ha urlato Sarah.

C'era un posto libero vicino alla mia cara compagna di tenda, ma le sono passata accanto e l'ho superata. Molto meglio essere desiderata e popolare, soprattutto con il suo sguardo puntato addosso. A lei nessuno aveva fatto spazio, e nessuno si era seduto nel posto libero al suo fianco. Nessuno aveva voglia di farsi fare la lezioncina su quello che lei aveva letto, sentito o pensato. Mi sono trascinata a fatica lungo il corridoio puntando allo spazio che avevano creato sulla panca.

Da un lato c'era Sarah e dall'altro Mary Beth. Prima di allora non avevo mai conosciuto qualcuno che avesse due nomi, ma sembrava una caratteristica comune a metà delle vincitrici dei concorsi di bellezza del mondo. Mi ha sorriso. Poverina, con quell'aspetto avrebbe avuto bisogno di due chirurgie plastiche, invece che di due nomi, se voleva diventare Miss America.

Comunque era tenera, quindi avrebbe ricevuto il mio voto per Miss Simpatia. Mi sono accasciata nel piccolo spazio e tutte e due mi hanno abbracciato. Sì, una perfetta Miss Simpatia.

Il camion è partito rombando. Non sarebbe stato così terribile, erano solo pochi chilometri. Avevo resistito su quel camion per sei ore, dieci minuti non sarebbero stati un gran problema. Abbiamo preso quasi subito una buca gigantesca e siamo stati sbalzati tutti in aria. Per qualche ragione mi ero opportunamente scordata quanto fossero terribili quelle strade. A pensarci bene, per fare qualche chilometro non ci avremmo messo solo qualche minuto.

— Perché non cantiamo una canzone? — ha proposto qualcuno a gran voce, e prima ancora che potessi pensare di gridare: "No, non cantiamo una canzone!", si è scatenato un coro di urli di assenso.

— So io quale cantare — ha dichiarato Sarah.

— Anch'io! — ha concordato Mary Beth.

— *Jambo jambo bwana*! — ha intonato Sarah.

— *Habari gani*! — ha continuato insieme a lei Mary Beth.

E poi si sono aggiunti tutti gli altri. Non sapevo la canzone, non sapevo le parole, e anche se le avessi sapute, non le avrei capite… No, un momento, *jambo* significava "ciao", no? Sapevo solo che il viaggio si era fatto tutt'a un tratto più lungo.

Il camion ha rallentato e si è fermato. Ho sollevato la testa dalle mani, mentre tutti si alzavano avviandosi alla scaletta per scendere.

Sarah si è messa in ginocchio di fronte a me. — Ti senti meglio?

— Un po'.

Che imbarazzo! Durante il viaggio avevo vomitato anche l'anima. Non avevo mai sofferto di mal d'auto, ma quella non era un'auto, e quella non era una strada.

— È piuttosto duro stare qua dietro — ha ammesso Sarah.

— Com'è possibile che ci si metta tanto a fare così pochi chilometri? — ho replicato in tono lamentoso.

— Ci abbiamo messo meno di un'ora. Forza, starai meglio appena appoggerai i piedi a terra.

Mi ha preso per la mano e mi ha accompagnato fino all'uscita. Erano già tutti fuori. Ho seguito Sarah giù per la scaletta. Nebala mi ha offerto la mano sugli ultimi due scalini e io ho accettato. Ha accennato un saluto vulcaniano e poi se n'è andato.

— Cos'era quel gesto? — ha chiesto Sarah.

— Dev'essere una cosa masai — ho buttato lì.

Abbiamo girato attorno al camion e ci siamo uniti agli altri, che erano raggruppati attorno a Renée e a un paio di tizi che sembravano operai. Ho guardato oltre, cercando di esaminare tutta la scena. C'erano una dozzina di piccoli edifici che circondavano l'area. Un paio di costruzioni erano fatte di blocchi di cemento e coperte da tetti di lamiera rossa, mentre i telai di porte e finestre erano azzurri. Erano carine, tipo casa delle bambole. Il resto degli edifici, invece, non era tanto carino. Sembravano fatti di fango, e i tetti erano arrugginiti.

In lontananza si vedeva un grande campo con un paio

di reti da calcio delimitate da rami d'albero, e a un lato c'erano due pali arrugginiti con attaccati dei canestri da basket. Il terreno era un miscuglio di erba marrone bruciata e terra rossa. Certamente avevano ben poco in comune con i campi sportivi della mia scuola.

Ho sentito voci di bambini e mi sono guardata attorno. Li sentivo, ma non li vedevo. Dovevano essere dentro gli edifici. Poi ho scorto una faccina: un minuscolo viso nero sbirciava da una delle finestre. Al suo fianco ne è apparso un secondo, poi un terzo, e infine una manina mi ha salutato. Ho risposto al saluto, loro sono scoppiati a ridere e poi sono spariti.

— Okay, sapete tutti cosa fare — ha detto Renée. — Forza, al lavoro!

Il gruppo si è disperso. Sembrava che ognuno conoscesse il proprio compito, e tutto sommato lo conoscevo anch'io: il mio compito era evitare *qualunque* tipo di lavoro.

— Mmm... Renée — ho strillato. — Ho notato che tutti si stanno mettendo i guanti, e mi sono resa conto che io non ce li ho. Mi domandavo se...

Ha tirato fuori un paio di guanti dalla tasca di dietro, me li ha passati e poi, senza dire una parola, se n'è andata.

CAPITOLO 13

Fra mettersi i guanti da lavoro e lavorare sul serio c'era una bella differenza. Per un po' sono riuscita a scansare il lavoro fisico, e in un certo senso è stato difficile quasi quanto lavorare, ma almeno non mi sarei ritrovata tutta sudata.

Ho fatto del mio meglio per evitare Renée, e questo ha aiutato, ma, come nella moda, la chiave di tutto erano gli accessori. Avevo sempre in mano una pala o una cazzuola, e camminavo sempre con uno scopo. Probabilmente l'unico scopo che avevo era andarmene da un posto dove si lavorava per dirigermi verso uno dove si lavorava di meno, ma se ti spostavi in fretta gli altri erano portati a pensare che tu avessi un posto dove andare e qualcosa da fare.

Il fatto che non mi sforzassi non sembrava intralciare il processo di costruzione. Tutti si stavano praticamente sfiancando. Avevo la sensazione che fosse in corso una specie di tacita gara fra i ragazzi della chiesa e gli altri, per vedere chi avrebbe fatto di più. Ero disposta a fare da arbitro. Per quanto mi riguardava, il vincitore di questa particolare competizione sarebbe stato chi lavorava di meno. Io naturalmente ero in testa, e non avvistavo nessuno che potesse nemmeno lontanamente insidiare il mio primato.

— Alexandria, ti posso parlare? — mi ha chiesto a un tratto Renée.

— Adesso sono un po' occupata — ho risposto. Per dimostrarlo, ho infilato la pala nel mucchio di sabbia e ne ho deposta una palettata nella carriola. Tutto inutile.

— Penso che dovremmo parlare adesso.

Era il momento del piano di riserva. — Potrei prima andare in bagno?... Ho bisogno di andarci... *urgente* bisogno... Mi puoi dire dov'è?

Renée aveva l'aria di non volermelo dire, ma alla fine ha risposto: — Laggiù, quella piccola costruzione vicino al recinto.

Ho guardato dove stava indicando. Quello non poteva essere un bagno, era più una specie di baracca... Oh, no!

— Non hai ancora usato i bagni qui alla scuola, giusto?

Ho scosso la testa.

— Allora la nostra conversazione può tranquillamente aspettare. Vieni, ti accompagno.

— Penso di poter andare in bagno da sola. È da molto che sono pratica di toilette.

— Non ho dubbi, ma ti accompagno lo stesso. Non credo tu sia pratica di *queste* toilette.

Non capivo cosa intendesse dire esattamente, ma sembrava abbastanza divertita. Cosa c'era di così divertente nel fatto che andassi alla toilette?

— Parleremo quando hai finito — mi ha detto.

Mi sono diretta verso il bagno senza mai voltarmi, ma sentivo i suoi passi alle mie spalle. Non mi piaceva essere scortata, soprattutto perché l'idea di andare in bagno era nata per distrarla ed evitare quella conversazione, e ora invece sarebbe rimasta lì fuori ad attendere che uscissi. Io però non sarei uscita. Semplicemente mi sarei seduta lì, dicendole che non mi sentivo bene, e sarei rimasta dentro per un'ora, o anche più. Niente carichi pesanti o impasti di cemento, e poi non ci batteva il sole. Mi sembrava un buon piano B. Peraltro, a pensarci bene, avevo davvero bisogno di andare in bagno.

C'erano due toilette. Due, perfetto: potevo restare in una e sarebbe rimasta l'altra per chiunque ne avesse avuto bisogno.

Ho aperto la porta e la puzza mi ha quasi tramortito. Ho girato leggermente la testa. Sarebbe stato impossibile starmene seduta lì dentro più dello stretto necessario. Ho respirato una boccata d'aria fresca e ho fatto per entrare... Ma non c'era il water, solo una lastra di cemento al suolo, e in mezzo un buco. Doveva essere la toilette degli uomini... una specie di orinatoio.

Ho lasciato che la porta si richiudesse. Renée stava lì davanti e ridacchiava. L'ho ignorata e ho aperto l'altra porta. Era esattamente uguale: cemento, un buco al suolo e niente water.

Mi sono voltata verso Renée. — Dov'è il bagno delle donne?

— Ne stai toccando la porta.

— Ma… ma non c'è il water.

— Quel buco in mezzo è l'unico gabinetto disponibile.

Fra tutte le cose strane che avevo visto e sentito, o di cui mi avevano raccontato in vita mia, quella era la più strana di tutte. Non poteva essere vero. Ho osservato bene Renée, che sembrava piuttosto divertita: che stesse scherzando?

— Ho proprio bisogno di andarci — l'ho implorata. — Davvero, dove sono i bagni?

— Sono lì dentro, davvero.

— Ma non ci si può sedere… Come sto seduta?

— Non ti siedi. Ti accucci sul buco e via.

Ho guardato lei, poi il buco per terra, poi di nuovo lei. Non era nemmeno pensabile! Ho sbattuto la porta con un tonfo e mi sono allontanata come se il bagno fosse una bomba a mano. Renée aveva sulla faccia il solito sorrisetto, il suo marchio di fabbrica. Sembrava che se la stesse davvero godendo a vedermi soffrire.

— Pensavo volessi usare il bagno — mi ha detto.

— Non posso… Non è possibile.

— Sì che lo è. La maggior parte della popolazione mondiale usa gabinetti come quello ogni giorno.

— Per me è impossibile. Non mi accuccio come un animale.

— Stai chiamando "animali" queste persone? — ha replicato lei.

— Certo che no! È solo che… io non ci riesco, e non lo farò.

— Ma pensavo che avessi bisogno di andare... *Urgente* bisogno.

— Ne avevo... ne ho... ma non userò quel buco, piuttosto aspetto.

— Arriveremo al centro non prima di quattro ore.

— Posso aspettare quattro ore, se è necessario. Ma non era di questo che mi volevi parlare, giusto?

Era escluso andare in bagno per distrarla da quello che aveva intenzione di dirmi. Meglio quindi arrivare subito al punto.

— Nulla di importante, volevo solo sapere come stavi.

Non era quello che mi aspettavo. Avevo pensato che mi aggredisse perché non lavoravo, e invece sembrava preoccuparsi che stessi bene.

— Tutto okay, mi pare.

— Credo sia saggio da parte tua prendertela comoda per oggi. Vedo che stai facendo la brava e non stai esagerando.

Mi stava dicendo implicitamente che aveva notato che non mi davo molto da fare? Be', io al suo gioco non ci stavo. Se aveva intenzione di rimproverarmi, poteva anche farlo e basta.

— Quando un po' alla volta ti sarai sistemata, avrai capito cosa devi fare e comincerai a dormire in modo più regolare, allora ci aspetteremo che lavori di più. Non tanto come Sarah e il suo gruppo, ma sicuramente più sodo di quanto tu non abbia fatto oggi.

Mi stava dando una sottile lezione a proposito della

mia scarsa partecipazione al lavoro. La sottigliezza non era quello che mi sarei aspettata da lei, eppure era un bene: se era sottile, la potevo ignorare.

— Penso sia importante che tu conosca le persone che stai aiutando — ha proseguito. — Ti presenterò i bambini.

— Ma non sono tutti in classe? — ho chiesto, indicando il giardino vuoto.

— Sì, e tu li conoscerai nelle loro classi.

Renée guidava e io seguivo, ruoli ormai familiari. Ci siamo fermate di fronte a un edificio: niente a che vedere con quello che stavamo costruendo noi. Questo era fatto di pali di legno e fango e poi... c'era qualcosa piantato nel fango accanto alla porta...

— Fa' attenzione al filo spinato — si è raccomandata Renée.

Ecco cos'era! Ma cosa ci faceva lì del filo spinato? Non aveva senso.

— Per costruire la base dei vecchi edifici della scuola infilavano paletti di legno nel terreno e ci avvolgevano attorno il filo spinato — mi ha spiegato Renée, rispondendo alla domanda che non avevo formulato. — E alla fine compattavano fango e sterco di mucca tutt'attorno.

— Sterco di mucca... Vuoi dire cacca di mucca?

— Sì, dall'impasto viene fuori una specie di malta.

Da brividi: quella costruzione era tenuta insieme da cacca di mucca. Decisamente disgustoso.

Renée ha bussato alla porta socchiusa e siamo entrate. Sono rimasta scioccata. La stanzetta, poco più grande della mia camera da letto, era piena zeppa di bambini. Dovevano essere cinquanta o sessanta, ed erano stipati su piccole panche di legno – su cui sedevano anche in tre o quattro – dietro banchi di legno ancora più piccoli. Mi sembrava che avessero dieci o undici anni. Indossavano tutti una uguale maglietta di lana rossa e sotto una camicia bianca; e poi le ragazzine avevano una specie di scamiciato e i ragazzini dei pantaloncini. Tutti, maschi e femmine, portavano i capelli tagliati corti, quasi rasati a zero. E tutti, senza eccezioni, mi fissavano sorridenti. Ho sorriso anch'io, nervosamente, cercando di nascondere il disagio.

L'insegnante si è fatto avanti, ha salutato Renée e poi mi ha stretto la mano. Mi sentivo in imbarazzo. Parlavano in quella lingua che avevo imparato chiamarsi swahili.

Continuavo a guardarmi intorno. Il pavimento era di terra rossa battuta. Le due finestrelle avevano i vetri rotti e una rete metallica che penzolava, lasciando entrare soltanto un filo di aria e di luce nell'ambiente scuro e soffocante. Su ogni banco era aperto un libro di testo, uno solo per tutti i bambini dello stesso banco, e ciascuno di loro aveva in mano un pezzetto di matita che usava su un piccolo libro degli esercizi. In alto, il tetto di lamiera arrugginito era retto da sottili travi di legno; ho notato che c'erano dei fori, da cui certo passava la pioggia. Mi stupiva anche tutto ciò che mancava: non c'erano computer, non c'erano figure né lettere dell'alfabeto appese, non c'erano decorazioni alle pareti, né luci, prese di corrente, schermi o libri, non c'era nulla. Era una stanza scura con il pavimento sporco, le pareti fatte di fango e cacca di mucca, vuota, tranne che per i bambini, praticamente impilati uno sull'altro. E ogni bambino, senza alcuna eccezione, sorrideva. Ma cosa c'era da sorridere?

Renée si è voltata verso la classe e ha salutato tutti. — *Hamjambo*!

— *Jambo*! — hanno urlato in risposta.

Poi si è girata verso di me: — Presentati e saluta.

— Mmm, ciao... *jambo*... *hamjambo* — ho detto. Ero piuttosto sicura che *hamjambo* si usasse quando ci si rivolgeva a più persone. — Mi chiamo Alexandria e ho quindici anni.

— Ciao! — mi hanno risposto a gran voce. Un gruppetto ha cercato di pronunciare il mio nome, ma è venuto fuori un pasticcio.

— Hai un nome molto lungo — ha spiegato l'insegnante.

— Forse mi possono chiamare Alex — ho proposto. Mi sono voltata verso di loro. — Io sono Alex! — ho detto, toccandomi il petto.

— Ciao, Alex! — ha urlato un bambino, e gli altri sono scoppiati a ridere.

— Questo è il sesto corso — ha detto Renée. — Stanno studiando matematica.

Ho guardato la lavagna. C'erano dei problemi con una lunga divisione. Ricordavo di averli fatti anch'io... più o meno allo stesso anno.

— Hai qualche domanda? — ha chiesto Renée.

Ho scosso la testa. — No... Ma sono tantissimi.

— Sono settantaquattro iscritti a questa classe, ma oggi sono presenti in sessantatré — mi ha spiegato l'insegnante.

— Grazie per il vostro tempo — ha detto Renée, e loro si sono messi a sventolare le mani.

Mentre ci avviavamo fuori, mi sono guardata indietro e li ho salutati: sorridevano e salutavano anche loro.

— Ciao, Alex! — ha gridato una voce, e tutti giù a ridere.

— Negli ultimi anni il governo ha stabilito che la scuola sarà gratuita per tutti, dal primo all'ottavo corso — mi ha spiegato Renée.

— Quindi questi bambini non pagano per venire a scuola? — ho chiesto.

— Be', devono pagare l'uniforme, i libri e altri accessori.

— Non sarà molto... no?

— Per alcuni è più di quanto possono permettersi, e quindi non riescono a venire. Altri invece non possono sprecare il tempo a scuola, perché devono aiutare la famiglia.

— È per questo che oggi c'erano tanti assenti?

— Forse qualcuno sarà stato malato: bere acqua sporca provoca molte infezioni e malattie.

— Non dovrebbero bere quell'acqua.

Renée mi ha rivolto uno sguardo di rabbia. — Credi

forse che abbiano altra scelta? Qui non ci sono fontane di acqua potabile, e nemmeno acqua corrente. Questi ragazzi, anzi, di solito lo fanno i bambini, devono percorrere più di sei chilometri per prendere l'acqua e portarla a casa sulla schiena o in equilibrio sulla testa.

— Non lo sapevo — ho farfugliato.

La sua espressione si è addolcita. — Mi dispiace. Certo che non lo sapevi. È solo che mi fa così arrabbiare... Invece di venire a scuola sono a casa malati per colpa dell'acqua sporca o perché devono lavorare. Alcuni bambini frequentano un giorno su due, perché a giorni alterni vanno a fare rifornimento di acqua, raccolgono la legna, sorvegliano il bestiame o fanno una delle migliaia di cose di cui le loro famiglie hanno bisogno per sopravvivere.

— Ma si potrà pur fare qualcosa.

— Stiamo discutendo un progetto per rifornire di acqua pulita questa comunità. Vorremmo costruire un pozzo, o iniziare un programma di conservazione dell'acqua piovana per raccoglierla nella stagione delle piogge e tenerla nei serbatoi.

— Buona idea — ho concordato.

— Sì, lo sarebbe, ma entrambi i progetti costano soldi, e noi non sguazziamo nell'oro.

— Quanti soldi?

— Un sacco. — Ha fatto una pausa. — Circa quanto la tua collana.

Le sue parole mi hanno colpito come un pugno allo stomaco.

— Nessuno, comunque, ha niente contro la tua collana. Facciamo tutti il massimo, vedi che miglioramento con la nuova scuola?

— Certo. Pavimenti di calcestruzzo, muri di pietra tenuti insieme dal cemento, finestre con i vetri, e ci sarà più luce e più aria.

— Un bel passo avanti — ha concluso Renée. — Dai, andiamo nella classe successiva.

Siamo passate di classe in classe: alcune erano un po' meglio della prima, ma altre anche peggio. Il numero di studenti variava da cinquantaquattro nel settimo corso, fino a ottantotto nel secondo. Tutti gli alunni avevano in comune l'uniforme rossa e il sorriso. Ognuno strillava *jambo* o "ciao" e mi rivolgeva un gran sorriso. In una classe gli studenti si sono alzati tutti assieme e mi hanno cantato una canzone, bellissima.

— Questa è la nostra ultima visita — ha detto Renée. — Alcuni di questi ragazzi hanno la tua età, o sono anche più grandi.

Mi sono fermata sulla soglia. — Ma se siamo all'ottavo corso, come possono avere la mia età? Io sto per iniziare l'undicesimo.

— Alcuni non sono potuti venire fin da piccoli perché dovevano aiutare la famiglia o perché non avevano soldi.

Ha bussato e siamo entrate. Prima ancora di salutare l'insegnante, ho notato una gran differenza fra questa classe e le altre. Non c'erano tanti studenti. Ho fatto un rapido calcolo: erano diciannove, e ognuno era seduto al proprio banco. Su ogni banco c'era un grande libro di esercizi, e gli alunni non hanno quasi distolto lo sguardo, ma hanno continuato a lavorare.

— Stanno facendo un esame — ha bisbigliato il loro insegnante.

— Con questo test si decide se possono andare alle superiori — ha spiegato Renée.

— È una prova molto difficile e molto importante — ha aggiunto l'insegnante.

— Quindi, se la superano, possono continuare? — ho chiesto.

— Se la superano, si classificano per proseguire — ha risposto Renée. — Ma devono anche poter pagare le lezioni. I corsi superiori non li paga il governo, si devono sobbarcare le spese gli studenti.

— E se non hanno i soldi? — ho replicato.

— Questa è la fine della loro attività scolastica. Ecco perché questa classe è meno numerosa. Qui ci sono solo gli allievi che potrebbero avere le *capacità* e i *soldi* per proseguire. Anche se passano l'esame, le loro famiglie devono pagare. — Renée ha ringraziato l'insegnante e siamo uscite.

Potevo capire che la gente con i soldi fosse in grado di permettersi più cose, e cose migliori di chi non ne aveva, ma l'istruzione non era un diritto di tutti?

— Non è giusto — ho detto. — Se sei abbastanza intelligente, devi poter andare a scuola.

— Sì, non è giusto — ha concordato Renée. — Ma da noi non è molto diverso.

— Certo che è diverso! — ho protestato.

— Ah, sì? A quale università stai pensando di iscriverti? — mi ha chiesto.

— Non lo so. Forse a Stanford o alla UCLA. Mia madre invece vuole che mi trasferisca a est, alla Sarah Lawrence.

— Tutte buone università.

— Le *migliori* università.

— E immagino che se uno decide di entrare entra, giusto?

— Certo che no. Bisogna avere buoni voti e fare bene il test d'ingresso, poi compilare dei moduli e…

— E pagare un sacco di soldi — ha concluso Renée. — Non mi sembra giusto che la gente povera non possa andare all'università.

— Ma è diverso. Tutti possono andare alle superiori gratis.

— Ma molti si ritirano perché devono guadagnare per aiutare la famiglia, o perché sanno che in ogni caso non potranno andare oltre; sanno che, solo con le superiori, non potranno diventare medici, avvocati, insegnanti. Dopo le superiori, puoi per esempio andare a lavorare ai grandi magazzini, quindi perché continuare? In entrambi i paesi esiste un tetto che stabilisce dove può arrivare un povero. Semplicemente qui in Kenya il tetto è più basso.

Non ci avevo mai pensato. C'erano così tante cose a cui non avevo mai pensato, a cui non avevo mai avuto bisogno di pensare. All'improvviso ho sentito le gambe tremarmi forte, e un'ondata di calore mi ha invaso tutto il corpo.

— Stai bene? — mi ha chiesto Renée. Si è allungata e mi ha sorretto con una mano.

— Solo un po' di vertigini… Niente di grave, ma devo sedermi.

Lei mi ha preso per il braccio e mi ha accompagnato lontano dagli edifici scolastici, attraverso il cortile polveroso. Non sapevo bene dove stessimo andando.

— Siediti qui, resta appoggiata al camion.

Mi sono seduta contro una delle grandi ruote, dalla parte all'ombra. Renée ha tirato fuori una bottiglia d'acqua, si è tolta la bandana, l'ha bagnata e me l'ha messa attorno al collo.

— È duro ambientarsi qui — ha detto. — Non solo per il fuso orario e la fatica del viaggio, ma soprattutto per le emozioni che si devono affrontare. Non è facile, eh?

Ho scosso la testa.

— Ma penso che alla fine farai tutto per bene — ha aggiunto.

— Non pensi che stia *già* facendo bene… vero?

— Non ancora, ma ci conto. Adesso resta qui, riposati, e quando sarai pronta torna a unirti a noi.

Non ho risposto. Ho solo abbandonato la testa fra le gambe e ho chiuso gli occhi.

CAPITOLO 14

Ho sentito delle voci. Parole, sussurri, risa. Ho aperto gli occhi: attorno a me c'erano decine e decine di bambini che mi fissavano, sorridevano e mi indicavano, lì seduta a terra. Ho cacciato un urlo, e loro sono scoppiati a ridere a crepapelle, e qualcuno ha addirittura fatto un balzo indietro.

— *Pateo*! — ha gridato uno.

In quel momento è comparsa una ragazza più grande e si è messa fra me e i bambini. Ha urlato qualcosa e ha fatto il gesto di tirare un calcio; i bambini hanno strillato e sono corsi via sgambettando. Non sapevo cosa avesse detto, ma li aveva spaventati tanto da farli scappare. Poi è venuta verso di me e si è chinata.

— Tutto bene? — mi ha chiesto.

— Sì, devo essermi addormentata — ho risposto.

Ha annuito. — Un riposino.

— Sì, credo di aver fatto un riposino.

— Posso? — mi ha chiesto, indicando lo spazio di fianco a me.

— Certo, siediti pure.

Si è seduta. — Ruth.

— No, sono Alexandria.

Mi sono alzata e lei ha fatto lo stesso. Era alta e magra, quasi alta quanto me. Mi ricordava le top model africane, come Iman.

— Potresti davvero fare la modella.

Lei si è messa a ridere e ha abbassato lo sguardo. Forse era anche arrossita, ma come potevo dirlo?

— Sono contenta di vedere che ti sei ripresa e riesci a stare in piedi. — Era Renée. — E vedo anche che ti sei fatta un'amica.

— Questa è Ruth.

— Conosco Ruth e tutta la sua famiglia — ha detto lei, abbracciandola. — Ti senti meglio? — mi ha chiesto.

— Meglio, ma non perfettamente. Non oso nemmeno pensare alla reazione del mio stomaco al viaggio di ritorno. Devo tornare per forza in camion?

— L'altra opzione è andare a piedi.

— E potrei farlo?

— È piuttosto lontano, sono più di undici chilometri.

— Posso farcela. Non è un problema per me, davvero, sono una buona camminatrice. Qualche volta, quando faccio shopping con mia madre, andiamo in giro a piedi tutto il giorno!

Renée stava per scoppiare a ridere, ma si è trattenuta. — Non è solo la distanza. Non vorrei che ti perdessi. Uno di noi dovrebbe venire con te, e siamo tutti occupati qui con il lavoro.

— La posso accompagnare io — si è offerta Ruth.

Renée ci ha pensato su un attimo. — Il tuo villaggio

è circa a metà strada rispetto al nostro campo. Non ti dispiace se cammina con te fino a lì?

Ruth ha scosso la testa. — No, non mi dispiace.

Poi Renée ha guardato me. — In linea di massima non facciamo così, ma credo che una passeggiata con Ruth potrebbe essere una bella esperienza. E così prenderesti il camion solo per metà tragitto. Ma devi promettermi di fare esattamente quello che ti dice lei, e aspettare a casa sua finché non veniamo a prenderti.

— Lo farò. Promesso.

— Se prometti, per me è sufficiente — ha detto Renée. — Sai una cosa, Alexandria? Penso che tu sia una persona di parola.

Sapevo che c'era almeno un giudice che non sarebbe stato d'accordo con lei – io per prima non ero sicura di esserlo – ma non ne avrei parlato in quel momento.

La scuola era finita; alcuni bambini gironzolavano lì attorno e giocavano a calcio o a basket, altri guardavano i lavori di costruzione, ma la maggior parte si era già diretta al cancello incamminandosi verso casa.

Renée ha detto qualcosa a Ruth in swahili e si sono abbracciate, quindi si è voltata verso di me: — Lavoriamo ancora mezz'ora, quaranta minuti, e poi mettiamo tutto in ordine. Penso che riusciremo a essere sul camion nel giro di un'ora. Ci vediamo dopo al villaggio di Ruth. Sii prudente, e fa' la brava.

Poi, con mia enorme sorpresa, si è avvicinata e ha abbracciato anche me.

Ruth mi ha preso per mano e ci siamo incamminate. Pensavo che a un certo punto mi avrebbe lasciata, ma non l'ha fatto. Subito mi è sembrato strano, ma poi ho notato che gli altri ragazzini facevano lo stesso, e non solo le femmine, anche i maschi: camminavano tenendosi tutti per mano, a volte a due a due, a volte formando lunghe catene.

Ci siamo ritrovate in mezzo a un enorme gruppo di bambini, tutti in uniforme rossa, che camminavano lungo la via polverosa. La strada, che mi era sembrata dura sul camion, si stava rivelando ancora peggiore a piedi. C'erano solchi giganteschi e grandi pietre, e in alcuni punti, dove la carreggiata era stata lavata via completamente, rimaneva solo un canale di sabbia, su cui scorreva un rivoletto di acqua marrone.

Una manina mi ha toccato afferrandomi la mano libera. Una bambina di nove, dieci anni mi ha guardato e mi ha sorriso.

— Mia sorella — ha detto Ruth. — Tu quante sorelle hai?

— Nessuna.

— Nessuna? Ma è terribile! Tutti maschi.

— No, non ho nemmeno fratelli, sono figlia unica.

Ruth mi ha guardato triste. — Tua madre è morta?

— No, mia madre è viva.

— Allora è morto tuo padre?

— No, anche lui è vivo.

Ora sembrava confusa. — Perché solo un figlio?

— Non lo so, esattamente. Ho un sacco di amici che sono figli unici. A volte la gente fa due figli, e conosco una coppia che ne ha quattro, ma la maggior parte delle famiglie non è così numerosa. Tu quante sorelle e fratelli hai?

— Undici.

— No, quanti fratelli e sorelle ci sono nella *tua* famiglia? — ho replicato. Era evidente che non aveva compreso la domanda.

— Undici: sette sorelle e quattro fratelli. Contando anche me, siamo dodici figli.

Ora ero io, quella confusa. Non avevo mai conosciuto nessuno che avesse tanti fratelli e sorelle. Avrebbero potuto formare una squadra di calcio con in più una riserva.

A volte pensavo che sarebbe stato bello avere una sorella, qualcuno con cui scambiarsi i vestiti e complottare contro i genitori, ma tutti quei fratelli non me li potevo nemmeno immaginare.

— Sorella! — ha esclamato Ruth, indicando una bambina che camminava davanti a noi. Poi si è guardata attorno, ha detto qualcosa e due ragazzine si sono messe a salutare e a sorridere. — Altre due sorelle. — Quindi ha indicato la strada. — E là ci sono due fratelli.

C'erano molti bambini e ragazzi. — Quali sono?

Lei ha urlato qualcosa, ma nessuno si è girato. Allora si è chinata, ha afferrato un sasso e l'ha lanciato colpendo un bambino sulla schiena. Lui è saltato su strillando.

— Fratello.

Il bambino l'ha guardata torvo e le ha gridato contro qualcosa. Non aveva né un'aria né un tono particolarmente felice: non c'era bisogno di conoscere lo swahili per capirlo. Ruth ha strillato di nuovo, e un altro ragazzino ha alzato la mano.

— Io sono la più vecchia, quindi a volte devo stare a casa per badare a loro... soprattutto quando nostra madre non sta bene. Mi prendo cura di tutti.

— E tuo padre? Non dovrebbe essere lui a prendersene cura?

Si è messa a ridere, e poi ha detto qualcosa in swahili che ha fatto ridere tutti gli altri.

— Cos'hai detto? — le ho chiesto.

— Che nostro padre ci laverà i vestiti e stasera ci preparerà la cena.

— Fa così ridere l'idea che possa farlo?

— I padri non fanno lavori da donne.

Era evidente che l'emancipazione femminile non andava per la maggiore da quelle parti.

— Nostro padre è un guerriero, deve occuparsi del bestiame — mi ha spiegato.

— Tuo padre... ha mai ucciso un leone?

— Sì, molti. Quando arriviamo a casa vedrai le criniere.

A mano a mano che camminavamo, la folla di ragazzini diminuiva, perché alcuni abbandonavano la strada per imboccare sentieri secondari. Il terreno era praticamente piatto, con piccole buche e salite. Solo in lontananza si vedevano alcune colline coperte di alberi e cespugli.

Non scorgevo case e l'orizzonte era sgombro, quindi dovevamo avere ancora molta strada da fare.

— Ruth, ci sono leoni da queste parti? — le ho chiesto.

Ha scosso la testa. — Non proprio qui.

Questo era rassicurante.

— Almeno non nel raggio di un paio di chilometri... forse anche di più.

Questo non era *così* rassicurante.

— Mio padre dice che i leoni fiutano i Masai e non si avvicinano. Con noi sei al sicuro.

Di leoni non so, ma di bovini ce n'erano molti. Alcuni pascolavano vicino alla strada, gironzolando persino intorno a noi, mentre altri erano lontani. Dopo un po' ho visto degli animali diversi che si mescolavano con il bestiame. Pensavo fossero grosse capre, ma poi ho notato le strisce. Fra le mucche c'erano delle zebre! E assieme, altri animali che sembravano cervi, alcuni piccoli con corna aguzze e altri più grandi con corna contorte e ramificate. E alla fine ho visto animali ancora più grandi e più alti: giraffe – tre per l'esattezza – che tendevano il lungo collo per strappare le foglie di un albero. Mi sono fermata a osservarle.

— Giraffe! — ho esclamato, indicandole.

Ruth ha annuito. — Sì, ce n'è qualcuna. Non danno fastidio a nessuno.

— Il fatto è che sono... giraffe. È fantastico, vero?

— Forse sì. Non ci sono giraffe nel tuo paese?

— Solo allo zoo. È che... mi fanno impazzire.

Ruth si è stretta nelle spalle, come a dire che non era poi una gran cosa, e in effetti a nessun altro sembravano interessare. Immagino che per loro fosse come per me vedere un piccione, una bella macchina o un centro commerciale. Zebre, antilopi e giraffe non erano niente di particolare.

— Cosa fate tu e i tuoi amici per distendervi?

— Distenderci? Uhm… ci sdraiamo a terra.

— No, non per *stendervi*, per *distendervi*. Per riposarvi, divertirvi, per evadere, per rilassarvi.

Lei ha scosso la testa con aria confusa.

— Ti faccio qualche esempio. Con le mie amiche andiamo a fare shopping in Rodeo Drive. Prada, Gucci, Fendi, tutti i più bei negozi.

Sembrava che non capisse nemmeno di cosa stessi parlando, come se quei negozi non li avesse mai sentiti nominare.

— E poi andiamo da Starbucks, lì c'è il meglio! Io di solito prendo un frappuccino freddo.

Di nuovo nessuna risposta.

— Un caffè.

Allora ha annuito e ha sorriso. — Sì, caffè.

— Poi andiamo in giro, ascoltiamo musica… Se c'è una decappottabile tiriamo giù il tettuccio e prendiamo un po' di sole.

— Niente tetto?

— Sì, usiamo una macchina senza tetto.

— Ma è terribile, magari un tetto glielo potrebbero fare.

— No, no, non hai capito. C'è il tetto, ma lo teniamo giù per prendere il sole e per farci vedere.

— E non vi possono vedere dal finestrino... Non ha i finestrini?

— Sì, ha i finestrini e anche il tetto e...

No, non funzionava.

— E poi andiamo a casa di qualcuno e magari guardiamo MTV o ascoltiamo gli ultimi successi che ci siamo scaricati da... Non hai idea di che cosa stia parlando, vero?

Ruth ha scosso la testa. — Sembra bello, però.

— E nel week-end ci agghindiamo tutte e usciamo insieme. Qualcuna ha un documento d'identità falso, così andiamo in qualche locale con la *tunz-tunz*.

— La tunz-tunz? Cos'è, una specie di *konga*...? Vuoi dire che vi mettete a picchiare? — ha chiesto, spalancando gli occhi.

— No, non è una mazza, intendo la musica.

Non sembrava meno perplessa. E poi mi è venuta l'illuminazione: non le potevo raccontare nulla che la potesse impressionare. Non sapeva niente di moda, di trucco, di macchine, di gente o di quei posti che definivano il mio mondo. Per una frazione di secondo mi sono sentita delusa, ma mi sono subito ripresa. Non solo non la potevo impressionare con niente di tutto ciò, ma non avevo nemmeno alcun bisogno di farlo. Non avevo nulla da temere: che tirasse fuori una nuova borsa di Gucci, per esempio, o che sfoggiasse un orologio Cartier. Semplicemente mi sorrideva tenendomi per mano e camminando insieme a me. E questo era quasi liberatorio, una sorta di rito zen.

— Che tipo di attività fate dopo la scuola? — le ho chiesto.

— Raccogliamo la legna, andiamo a prendere l'acqua, cuciniamo.

— Dico per divertimento. Cosa fate per divertirvi?

Ha scosso la testa e si è stretta nelle spalle.

— Con le altre ragazze, intendo.

— Andiamo insieme a prendere l'acqua.

— Ed è divertente?

— Mentre camminiamo parliamo, e qualche volta cantiamo.

— Quanto lontano dovete andare?

— Non molto. Camminiamo circa venti minuti all'andata e venticinque al ritorno.

— Perché è più lungo il ritorno?

— L'acqua pesa.

— Ma farete pur qualcosa di divertente. Non giocate?

— Quando ero piccola saltellavo o cantavo canzoni. A volte calciavo la palla. Ora cucino e, se ho tempo, prima che faccia buio, studio. Devo prepararmi per gli esami.

Mi sono venute in mente le mie serate. Guardavo la tivù, magari ascoltavo un po' di musica dall'iPod, facevo qualche telefonata, andavo a fare shopping, uscivo con gli amici. Niente cucina e niente pulizie, di tutto ciò si occupava Carmella. Non raccoglievo legna, né trasportavo acqua, mi bastava aprire il rubinetto o tuffarmi in piscina.

Ormai avevamo camminato almeno quaranta minuti. La strada era praticamente piatta, ma nei brevi tratti di salita, anche se leggera, sentivo di sforzare i polmoni. Io vivevo esattamente al livello del mare, mentre qui eravamo a centinaia e centinaia di metri al di sopra. Non c'era da stupirsi se tanti campioni della maratona erano kenioti. Abituati com'erano all'aria rarefatta, quando correvano a Boston o a New York per i loro polmoni doveva essere come bere, con tutto quell'ossigeno.

— Qui — ha detto a un tratto Ruth. E seguendo un gruppo di bambini già diretti nella medesima direzione, abbiamo abbandonato la strada.

— Tutti questi ragazzini vivono nel tuo villaggio? — ho chiesto. Dovevano essere venti o trenta.

— Sì.

— E al villaggio conosci tutti, vero? — ho domandato ancora.

Ha annuito. — Quelli che non sono fratelli e sorelle sono cugini. Nel mio villaggio siamo tutti della stessa famiglia.

— Tutto il villaggio?

Ha annuito di nuovo. — Se non fossero della famiglia non vivrebbero qui.

All'inizio non mi era chiaro, ma presto ho intuito dov'eravamo dirette. All'orizzonte si vedeva qualcosa come un grande recinto di legno, e più ci avvicinavamo, più dettagli riuscivo a cogliere. Non si trattava di un recinto, sembravano piuttosto i muri di legno di un vecchio fortino. C'erano dei pali – anzi, dei rami d'albero – conficcati nel terreno e, in mezzo, cumuli e cumuli di rovi che formavano una parete di spine.

— È quello il tuo villaggio?

— Sì, viviamo lì, tutti noi.

I rovi gli davano un'aria impenetrabile. Abbiamo iniziato a girarci intorno, e sono rimasta impressionata dalle sue dimensioni. Sembrava che quel recinto circondasse l'intero villaggio. C'era solo un piccolo varco, in cui ci siamo infilati.

All'interno, lungo tutto il recinto, erano disposte piccole capanne di fango. Era come un gigantesco blocco di case a schiera disposte a cerchio. Nel centro si apriva un grande campo fangoso. Chissà perché lo tenevano.

I bambini si sono sparpagliati correndo attraverso il campo e sono stati accolti dalle donne, ciascuna davanti a una piccola capanna. A giudicare da tutti i polli e le capre che gironzolavano attorno e dalle condizioni di quel campo, doveva trattarsi di una specie di recinto per il bestiame, mentre le anguste costruzioni dovevano essere pollai, piccole stalle o una specie di magazzini.

Ruth mi ha accompagnato per mano attraverso il fango. Ho capito subito che la distesa era cosparsa di enormi pile di sterco di mucca, che pareva essere ovunque. Il lato positivo era che ciò significava molto materiale per costruire le capanne. Ho cercato di immaginare quante mucche ci potessero stare in uno spazio così grande. Non ne avevo idea, ma sicuramente molte.

Ruth si è fermata di fronte a una donna che stava seduta su un panchetto presso una delle capanne. Era decisamente incinta. Stava trafficando con una scodella piena di qualcosa, immagino che fosse cibo… forse farina gialla o qualcosa del genere.

— Lei è mia madre — ha detto Ruth, poi ha aggiunto qualche parola in swahili, e l'unica cosa che è suonata fuori luogo è stato il mio nome.

Sua madre ha sollevato gli occhi e mi ha guardato, mi ha sorriso e ha annuito. Lì sorridevano tutti, sempre. La gente sembrava molto amichevole e felice.

— Ciao, lieta di conoscerti — ho detto.

— Mia madre non parla inglese.

— Ah, scusa. *Jambo*.

Il sorriso si è allargato, e la donna ha cominciato a parlarmi velocemente in swahili. Ruth le ha detto qualcosa, lei si è fermata e si è messa a ridere.

— Cosa le hai detto? — ho chiesto.

— Che non parli swahili.

— Conosco solo qualche parola, qualche frase.

— Le pronunci bene — ha detto Ruth. — Sembri Masai.

Questa volta ho riso io.

— Potrei insegnarti altre cose in swahili — ha suggerito lei. — E tu mi potresti insegnare l'inglese.

— Il tuo inglese è già eccellente.

— Potrei far pratica con te, imparare di più sul... *distendersi.*

— Posso insegnarti le parole, ma non i concetti.

Mi ha guardato di nuovo con aria confusa.

— Mi fai vedere casa tua?

— Sì, sì, vieni.

Mi ha preso per mano, mi ha portato verso la capanna e si è chinata per entrare. Io mi sono fermata: evidentemente il suo inglese non era buono quanto pensavo.

— No, *casa* tua, dove vivi tu.

— Questa è casa mia. Vieni.

Ho piegato la testa per entrare attraverso il basso vano della porta. All'interno riuscivo a stare in piedi a stento. Era buio, e stagnava un'aria fumosa e densa. C'era un piccolo focolare acceso, carboni ardenti sotto una rete metallica. L'unica luce che non proveniva dall'ingresso filtrava dall'alto, dove un tetto di metallo poggiava alla bell'e meglio sulle pareti di fango.

Ruth mi ha condotto attraverso un'altra porta, abbassandosi per passare. — Ecco la mia stanza.

Non c'era altro che una grande cassa di legno al centro e degli scendiletto, anzi no, delle pelli, ammonticchiate tutt'attorno alla cassa. Ma se quella era la sua stanza, dove dormiva? Non c'erano letti... non poteva dormire sul pavimento!

— La parte delle femmine — ha detto, indicando alcune pelli. — E quella dei maschi.

— Dormite qui dentro tutti assieme? Tutti e dodici?

Lei ha sollevato una pelle. Era a strisce, una pelle di zebra. — C'è una pelle per ciascuno.

Non sapevo cosa dire. Avevo solo la sensazione che i muri mi si stessero richiudendo addosso e che l'aria si addensasse sempre più. Ma l'aria era davvero densa. Densa e fumosa, e ne sentivo il sapore in bocca. Dovevo uscire di lì.

— Per favore, possiamo andare fuori?... È meglio che io rimanga sulla strada ad aspettare il camion.

CAPITOLO 15

— Posso entrare?

Ho alzato lo sguardo: appena fuori l'ingresso della tenda c'era Renée.

— Potrei impedirtelo, se volessi? — le ho chiesto.

— Certo, ma saresti tu a perderci. Ti ho portato una cosa.

Questo sì che risvegliava il mio interesse. — Be', in tal caso...

Ha aperto la cerniera ed è entrata.

— Le tende sono infide perché non si può bussare. Ecco.

Mi ha passato una bottiglia d'acqua e un sacchetto di plastica con tre pezzi di pane.

Perfetto: pane e acqua per la prigioniera.

— Ho notato che non hai mangiato molto a cena. Ho pensato che il pane avrebbe potuto sistemarti lo stomaco, mentre l'acqua serve per idratarti. Non ti senti ancora bene?

— Sto bene, solo non avevo fame.

Si è seduta sul letto di Christina, che in quel momento bazzicava con i ragazzi del gruppo della chiesa, i quali probabilmente erano impegnati con qualche nuova canzone ispirata o con qualche gioco da fare sul camion. Immaginavo preferisse qualunque altra cosa, piuttosto che doversi scontrare di nuovo con me.

— Devo chiederti una cosa — ha detto Renée. — Stasera, quando ti rivolgevi agli inservienti, stavi parlando in swahili, no?

— Non è che parlassi, ho detto solo "per favore", "grazie" e qualche altra cosa.

— Quindi sapevi cosa stavi dicendo.

— Non essere così sconvolta, ho solo imparato qualche parola.

— Non è quello che mi sconvolge, è che non ti ho mai sentito essere gentile nemmeno in inglese, figurarsi in una lingua straniera.

— Ah-ah. Be', forse sto ancora aspettando che tu faccia qualcosa che meriti un "grazie". Dimmi, quanto dev'essere grata una prigioniera alla sua custode, scusa, ho sbagliato termine, alla sua *guardia*?

— Non sono la tua custode, né la tua guardia. Questa non è una prigione.

— Al Club Med, di solito, non si vedono guardie, recinti elettrici, cancelli chiusi a chiave e lavori forzati.

— Non sono sicura che quello che hai fatto oggi si possa definire "forzato", e nemmeno "lavoro" — ha replicato lei.

— Messaggio ricevuto.

— Alexandria, è importante che tu sappia a che punto sei, e cosa scriverò nel rapporto per il giudice.

— Scriverai un rapporto? — Questa era una novità.

— È così che funziona. Altrimenti come potrebbe sapere se hai superato o no il programma di reinserimento? Sai che puoi non superarlo, no?

— Questa ha tutta l'aria di una minaccia. Suppongo di doverti ringraziare perché mi minacci.

— Forse sì. Almeno cerco di renderti responsabile e di farti fare quello di cui sei capace, invece di lasciarti giocare alla bionda ricca e senza cervello.

— Se stai provando a farmi un complimento, sei decisamente fuori strada.

— Non era un complimento, ma una constatazione. Hai dentro più di quanto tu non voglia far credere.

— Stai dicendo che non sono stupida come sembro? Grazie.

— No, sto dicendo che non sei stupida quanto fingi di essere. Per esempio, hai studiato swahili prima del viaggio?

— Prima di arrivare qui non sapevo nemmeno cosa fosse. Pensavo che tu stessi parlando in africano.

— L'Africa è un continente, non un paese o un gruppo linguistico.

— Lo so — sono sbottata, anche se in realtà non lo sapevo fino a quando Sarah e Mary Beth non me l'avevano spiegato.

— In ogni caso, hai già afferrato molti termini fondamentali in swahili. Sei davvero portata per le lingue.

— Me lo dice sempre Carmella.

— È una tua amica?

Mi sono stizzita. — È la nostra domestica, ed è messicana.

— E non hai amici messicani? — ha chiesto Renée.

— Be'… non è che ci siano molti messicani nel mio quartiere, fatta eccezione per le donne delle pulizie e i giardinieri. Per dire, a scuola da me non ce ne sono.

Renée non sembrava contenta della mia risposta. Conoscevo il genere: sinistroide liberale che pensava dovessimo essere tutti amici. Come potevo essere amica di gente che non conoscevo e che non avrei mai conosciuto?

— Quindi, se non ce ne sono in giro, come hai imparato a parlare spagnolo? — mi ha chiesto.

— Io non parlo spagnolo, parlo *un po'* di spagnolo. In realtà lo capisco, più che parlarlo — le ho spiegato. — È sempre bene sapere cosa stanno dicendo di te le persone.

— Ma come hai fatto, come hai imparato la lingua?

— Cosa ne so? Frammenti di conversazione che ho sentito, tabelloni bilingui che ho letto, facendo zapping fra i canali e fermandomi su una soap in spagnolo per qualche minuto… cose del genere.

— Se lo capisci, puoi anche imparare a parlarlo. Sai quanti mondi ti si potrebbero aprire?

— Fondamentalmente potrei dare ordini al giardiniere o chiedere da mangiare al Tex-Mex. Credo sia tutto.

— Significherebbe poter parlare a centinaia di milioni di persone nel mondo di lingua spagnola! — ha esclamato lei. — Potresti viaggiare per tutta l'America centromeridionale!

— Sì, avevo giusto intenzione di passarci il prossimo week-end — ho ribattuto sarcastica. — E poi ho sentito dire che l'inglese è la lingua più popolare nel mondo.

— In realtà la più parlata è il mandarino. L'inglese è la seconda lingua più diffusa.

— Okay, meglio ancora. Significa che le persone nel mondo, comprese quelle che parlano spagnolo, parlano anche inglese, quindi non serve che usi lo spagnolo, perché mi si rivolgeranno in inglese.

Ha scosso la testa. — Le lingue aprono finestre su diverse culture.

— Se avessi voglia di aprire una finestra su un'altra cultura, potrei sempre guardare Discovery Channel.

— Tu guardi Discovery Channel?

— No, ho detto "potrei". Ce l'hanno dato con il pacchetto base della tivù via cavo.

Renée si è coperta gli occhi con le mani. Per una frazione di secondo ho pensato che avrebbe mollato, lasciandomi finalmente in pace.

— Allora — ha invece proseguito — perché parli swahili a persone che sai che parlano inglese?

— Cercavo solo di essere gentile, come hai detto tu. Non vuoi che sia gentile con le persone, che sia educata?

— Certo che sì!

— E allora perché ti lamenti?

— Non mi sto lamentando, solo mi chiedevo perché lo facessi! — Ha fatto una pausa. — Qualcuno ti ha mai detto che con te può essere terribilmente frustrante?

I miei insegnanti me lo ripetevano costantemente. Ma ora mi dava soddisfazione *frustrare* lei.

— Non è che stessi cercando di imparare la lingua swahili — ho replicato. — Quando dico le parole, non sono neanche cosciente di parlarla. Viene fuori da sola.

— Ma ti rendi conto di che dono è?

— Un dono implicherebbe una bella scatola, un fiocco e dentro una sorpresa costosa — ho replicato. — Questa invece non è una gran cosa. Tu parli swahili molto bene.

— Sì, ma ci ho messo un sacco di tempo e… — Ha fatto di nuovo una pausa e mi ha guardato perplessa. — Come sai che lo parlo bene? — mi ha chiesto.

— È vero, no?

— Be', sì, ma tu come lo sai?

— Non c'è bisogno di un intervento al cervello. Vedo che la gente ti capisce, che parli rapidamente, vedo il modo in cui fai le battute. Hai addirittura l'accento locale.

Renée ha sorriso. Il suo sorriso mi piaceva molto più del suo ghigno.

— Sai come ho imparato a parlare swahili?

— Qualcosa che ho detto ti ha fatto pensare che io possegga doti di telepatia?

Ha sogghignato. Forse mi piaceva anche il suo ghigno. — Ho vissuto per un anno in una comunità masai come membro di una famiglia.

— Hai vissuto in una di quelle capanne di fango?! — ho esclamato.

— Sì, sono diventata una figlia e ho vissuto in casa con la famiglia.

— Ma... ma... perché?

— Volevo capire fino in fondo il loro stile di vita, la loro cultura, la loro esistenza quotidiana.

— Non sarebbe stato più facile leggere qualche libro e guardare Discovery Channel?

— Più facile, ma non giusto. Come credi di poter lavorare con una comunità e aiutarla se non la comprendi a fondo?

Probabilmente non si attendeva una risposta. Magari pensava che sarei rimasta impressionata. E forse lo ero, ma non nel senso che si sarebbe aspettato lei. Quale persona sana di mente avrebbe scelto di vivere così? Di vivere come Ruth... i suoi fratelli e sorelle, i loro genitori e tutti i loro parenti?

— Sai che sei l'unica di questo gruppo che è stata in una casa masai?

— Davvero? E perché solo io?

— Ci piace che si sperimentino alcune cose quando pensiamo che una persona sia in grado di farlo, ma anche quando capita l'opportunità. Oggi è semplicemente capitato. È per questo che sei così turbata stasera? È per questo che non hai voluto mangiare?

— Solo perché ho visto una ragazza che vive in una capanna di fango e sterco di mucca, che dorme sul pavimento insieme alle sue sette sorelle, nella stessa stanza con i quattro fratelli, che deve trasportare acqua per chilometri e sperare solo che sia pulita, che passa il tempo a cucinare e a rimettere in ordine, e il cui unico sogno è andare a scuola e per metà del tempo non può farlo? E perché dovrei essere turbata?

Renée ha sorriso, un sorriso dolce e gentile. — Alexandria, sei una sorpresa continua. Comincio a pensare che ci potrebbe essere qualcosa di importante sotto quei vestiti costosi e quell'aspetto curato.

— Non capisco di nuovo se sia un penoso tentativo di farmi un complimento o un'altra velata frecciatina.

— Prendilo come un complimento... e anche come un avvertimento.

— Del complimento non ne ho bisogno, ma cosa intendi per avvertimento?

— Forse è la parola sbagliata. Voglio solo che tu sappia che devi fare di tutto per assicurarti di superare la prova del programma, così il giudice non avrà ragione di ordinare la tua detenzione. Per te non penso che il carcere funzionerebbe.

— Credo che questa sia la prima cosa su cui siamo d'accordo. Quindi scrivi semplicemente un bel rapporto.

— Posso solo scrivere un rapporto sincero, e sei l'unica da cui dipende quello che scriverò.

— Avevi ragione: "avvertimento" era la parola sbagliata. Forse "ricatto" va meglio. Posso farti una domanda?

— Certo.

— Perché mi tratti in modo diverso dagli altri?

— Non capisco cosa intendi.

— Perché tratti tutti in modo gentile a parte me?

— Non mi sembra di trattarti in modo diverso da...

— Sì, mi tratti diversamente, e lo sai! — sono sbottata.

Non ha risposto immediatamente. Ero sicura che ci stesse pensando, e che sapesse che quanto dicevo era vero.

— Penso che tu sia diversa da tutti gli altri. Sei l'unica che è qui contro la sua volontà. Sei l'unica del programma di reinserimento. — Ha fatto una pausa. — Ma forse c'è anche un altro motivo.

— E quale sarebbe?

— Forse, in un certo senso, mi ricordi me stessa.

— Molto poco, ne sono sicura.

— Potresti rimanere sorpresa. Vengo da una famiglia molto benestante. Ho avuto anch'io la mia dose di difficoltà a scuola e con i genitori, e persino qualche problemino con la legge. Forse vedo che c'è in te il potenziale per diventare qualcosa di più.

— Con "qualcosa di più" intendi diventare come te? Non è un po' presuntuoso da parte tua pensare che se io diventassi migliore potrei essere come te?

— No, non intendevo in questo senso — ha farfugliato. — Mi dispiace se ti ho dato questa impressione.

— Be', sì, me l'hai data. O è solo una di quelle cose che mi devi dire... mi sveli qualcosa della tua vita e per qualche motivo, per la magia della condivisione, scoppio in lacrime e ti racconto della mia *terribile* vita. Che i miei genitori non mi vogliono davvero bene e mi fanno un mucchio di regali per rimediare al tempo e all'affetto che non mi danno. Ti aspetti che ti dica questo? Be', la mia vita non è terribile, è perfetta, e una volta che questa ordalia sarà finita, tornerò a quella vita perfetta. L'unica differenza è che l'apprezzerò ancora di più! E, a parte tutto, penso di sapere perché ti piace trattarmi male, perché sembra che tu ti diverta così tanto.

— E perché?

— Ti senti superiore. — Ne avevo abbastanza di lei e del suo atteggiamento. Pensava davvero che queste cose mi avrebbero fatto abboccare? Pensava davvero che mi sarei lasciata psicanalizzare da lei? Non sarei stata il suo ennesimo trofeo, un'altra piccola vita "salvata". Forse voleva cambiare il mondo cambiando una persona alla volta, ma non avrebbe certo iniziato da me. E gliel'avrei dimostrato! — In effetti questa è la vera ragione per cui lo fai di mestiere. Puoi essere superiore a tutti. Moralmente superiore a chi non è qui ad aiutare, superiore alla gente con cui ti vanti di essere qui ad aiutare. Non è altro che un grande, enorme atto di egoismo, e sei infuriata con me perché l'ho capito perfettamente.

Sono rimasta sorpresa dalla sua espressione: sembrava che stesse per piangere. Immaginavo che l'avrei stesa, ma non pugnalata al cuore. Per una frazione di secondo mi sono sentita male.

— Hai torto, e non potresti averne di più neanche se ti ci impegnassi.

— Davvero? Be', non importa. Farò quello che devo fare per superare la prova. Fra qualche settimana me ne andrò, e tu potrai continuare con il tuo piccolo dramma. Ora, se non hai altre ramanzine da farmi, vado a letto.

CAPITOLO 16

Ho stretto forte i manici e ho fatto una corsa, forzando la ruota della carriola per farle risalire la rampa di legno. L'ho spinta energicamente verso l'alto e poi dentro l'edificio. Tutt'intorno c'era gente con badili in mano in attesa del carico di sabbia da mescolare al cemento. L'ho scaricata al centro del pavimento e mi sono allontanata per evitare la nuvola di polvere. Sono corsa via mentre svuotavano a terra i sacchi di cemento, sollevando ancora più polvere che finiva in aria, nei miei polmoni e – atroce! – fra i miei capelli.

— Stai lavorando sodo — ha osservato Renée mentre uscivo barcollante dall'edificio, tirandomi dietro la carriola.

Ho annuito, ma non ho detto niente. Erano le prime parole che mi rivolgeva in tutta la giornata. Probabilmente l'avevo davvero ferita: o perché quello che avevo detto era del tutto sbagliato, o perché le mie parole erano troppo vicine alla realtà. O forse entrambe le cose. Ma non mi importava, non avevo intenzione di parlarle. Avrei solo svolto il lavoro che dovevo fare per essere sicura che non mi affibbiasse una valutazione negativa. Non le avrei dato assolutamente la possibilità di colpirmi alle spalle e di mandarmi in galera.

Ho mollato la carriola, e Tim e Jimmy hanno iniziato a riempirla di nuovo. Mi sono allontanata di qualche passo per evitare la polvere e restare un momento all'ombra. In lontananza, i bambini hanno cominciato a uscire dalla vecchia scuola. Ho guardato l'orologio: era quasi mezzogiorno.

— Okay, ragazzi! — ha gridato Renée. — Penso che questo sia il segnale: fate la pausa pranzo!

Non c'era bisogno di ripetermelo due volte. Sono andata al camion e ho preso il mio zaino. Dentro c'era il pranzo che avevano impacchettato per noi. Sarebbe stata di certo un'altra delizia culinaria. Non potevo scegliere cosa mangiare, ma almeno potevo decidere con chi mangiare.

Ho attraversato il cortile in mezzo ai bambini della scuola cercando Ruth. Appena lei mi ha visto, mi ha salutato e sul viso le è spuntato un gran sorriso. Aveva un così bel sorriso, i denti così perfetti, ed ero sicura che non c'entrasse alcun ortodontista. Mi è corsa incontro e mi ha abbracciato.

— Possiamo mangiare insieme? — le ho chiesto.

Ha sorriso ancora più. — Siediti sotto l'albero grande — ha detto. — È il posto degli studenti dell'ottavo corso. Intanto io prendo il mio pranzo.

Mi sono diretta all'albero. Avevo capito che era il posto migliore di tutto il cortile, dato che offriva la più ampia porzione d'ombra. Mi è venuto da ridere: non era poi così diverso dal bar della mia scuola, dove tutti avevano una propria postazione, e gli studenti più *cool* e più grandi quella migliore.

Mi sono seduta sul terreno polveroso, appoggiando la schiena al tronco. Ho aperto la cerniera dello zaino e ho tirato fuori la busta di carta. In fondo era logico: stavo lavorando come un muratore, quindi perché non avrei dovuto mangiare come uno di loro? Forse avrei anche dovuto imparare a sputare e a fischiare alle belle ragazze... Non fanno così?

Ruth è stata la prima a uscire dall'edificio della cucina. Nella destra teneva una scodella e con le dita della mano libera mangiava camminando. Si è sistemata di fianco a me. Ho guardato dentro la sua scodella: era piena di riso bianco con qualche fagiolo giallognolo. Al confronto, il mio pranzo doveva essere ottimo.

Ho aperto la busta. Un'arancia già sbucciata, una bottiglia d'acqua e una *pita*, una specie di schiacciatina di pane con... con riso e fagioli giallognoli. Sigh!

— Vuoi un po' di arancia? — le ho chiesto.

— Grazie.

Ha preso l'arancia e ne ha staccato uno spicchio. Poi l'ha offerta a me, quindi ne ha preso ancora uno spicchio e l'ha passata a un'altra ragazza che si era seduta accanto a lei. Ora eravamo in un gruppo di cinque o sei. La ragazza ne ha preso un pezzettino e l'ha passata alla successiva. Presto è sparita anche l'ultima fettina.

— I tuoi capelli sembrano molto... molto... Non sono belli come prima.

— Troppo generosa: i miei capelli sono ributtanti.
— Cosa vuol dire "ributtanti"?
— Terribili, orribili, come quelli di una strega.
— Strega? — ha ripetuto. — Vuoi dire come una *kizee*? Vorrei avere io capelli come i tuoi.
— E io vorrei avere zigomi come i tuoi — ho ribattuto. — Molte modelle farebbero di tutto per avere la struttura del viso come la tua. Immagino come sarebbero belli i tuoi occhi truccati e... Aspetta un attimo... — Forse non c'era bisogno di immaginarlo.
Mi sono allungata, ho afferrato lo zaino e ho tirato fuori la borsa dei trucchi.
— Posso farti gli occhi? — le ho chiesto.
— Farli come?
Ho riso. — Ci posso mettere un po' di trucco? Il colore e la sfumatura che ho attorno ai miei?
Ruth ha fatto una risatina. Ha detto qualcosa alle altre ragazze e si sono messe tutte a ridere. — Sì — ha risposto.
Prima di tutto ho tirato fuori l'ombretto. Ho aperto l'astuccio e ho cercato di decidere quale fra le varie sfumature sarebbe andata meglio. Dovevo integrare il rosso dell'uniforme e far risaltare al contempo il colore degli occhi. Le ho preso il viso fra le mani e le ho voltato lentamente la testa. Aveva occhi bellissimi, di una tonalità castano scuro con macchioline dorate. Oro, ecco! Avrei giocato con l'oro, ma prima dovevo aggiungere dei riflessi.
Ho preso il pennellino – il migliore che avevo, di crini di cavallo finissimi – e l'ho passato nel bianco, poi

gliel'ho fatto scorrere delicatamente sotto le sopracciglia. Lei ridacchiava e si agitava un po'.

— Non ti muovere o non mi prendo la responsabilità di quello che verrà fuori.

Ho applicato un altro strato sottile. Il bianco era brillantissimo in contrasto con la sua pelle. Ho messo giù il pennello. Ora avevo bisogno di un eyeliner. Ho rovistato fra tutti quelli che tenevo in borsa – almeno una dozzina – e ho fatto un rapido calcolo mentale. Ognuno valeva fra i venti e i quaranta dollari, quindi, di media, trenta dollari. Significava che lì dentro tenevo quasi quattrocento dollari di eyeliner. Quello a cui non volevo pensare era cos'avrebbero significato quattrocento dollari per quella gente.

Dunque, qual era l'eyeliner giusto? All'inizio ho pensato al nero, ma poi mi sono resa conto che non avrei ottenuto il contrasto. Ho optato per un marrone della linea Sephora.

— Chiudi gli occhi e resta ferma.

Ho disegnato una linea al limite della palpebra, il più vicino possibile alle ciglia. Molto carino. Poi sono passata al secondo occhio. Era divertente, sembrava di truccare una Barbie grande, una Barbie grande e nera.

Le altre ragazze si sono affollate intorno a noi per vedere meglio. Erano affascinate.

Era il momento di passare all'oro. Ho picchiettato il pennellino e, nello spazio fra l'eyeliner e l'ombreggiatura bianca, ho applicato uno spesso strato dorato.

Ho cercato di essere il più delicata possibile: stava venendo benissimo.

Passo successivo, il mascara. Ruth aveva ciglia folte, ma potevo farle sembrare ancora più folte.

Ho rimesso l'eyeliner nella borsa e ho preso il mascara migliore che avevo.

— Apri bene bene gli occhi. Questo potrebbe farti un po' di solletico.

Ho tirato fuori l'applicatore, ma quando gliel'ho avvicinato, lei ha cominciato a tirarsi indietro.

— Sta' ferma, o rischio di infilartelo nell'occhio!

È rimasta immobile, e ho iniziato con le ciglia superiori. Era facile da applicare, uno dei vantaggi di usare i trucchi migliori.

A quel punto avrei voluto metterle un po' di correttore, ma avevo qualcosa di adatto per la sua pelle? Poi le ho guardato il viso: non c'era un solo punto che avesse bisogno di correzioni. La sua pelle era liscia e impeccabile. Non era stupendo? Forse vivere in una capanna di fango era come farsi continui bagni di fango.

— Fatto! — ho annunciato.

Ha aperto gli occhi. Le altre ragazze si sono messe a ridere e a indicarla circondandola.

— Ecco qui — ho detto. Ho tirato fuori uno specchio dalla borsa e gliel'ho passato.

Ruth l'ha mosso finché non è riuscita a vedersi. Sorrideva sempre di più. — Ma... ma... sono bellissima!

Le altre adesso ridevano isteriche, e anche i ragazzi sono venuti a guardare; poi sono arrivate correndo le ragazzine più piccole che erano sedute altrove. Mi sono fatta da parte, mentre Ruth è finita al centro di una folla che aumentava sempre più.

Un'altra ragazza – anche lei sembrava dell'ottavo corso – mi ha strattonato la mano. — Dopo io, va bene?

Non ho potuto trattenere un sorriso. — Sì, dopo tu.

Renée è venuta verso di me. Ho fatto per alzarmi da terra. Cosa voleva? Mi avrebbe fatto pesare quei pochi minuti di pausa dal lavoro?

— Tutto a posto, non alzarti — ha detto.

Avevo intenzione di fare il contrario di quanto mi diceva, quindi mi sono alzata.

— Non serve che tu mi faccia la predica. Sono pronta a tornare al lavoro.

— No, va bene, ti meriti una pausa. Hai lavorato molto oggi, come tutti gli altri.

— Sto solo facendo quello che devo fare, ecco tutto — ho replicato.

— Alexandria, so che vuoi averla vinta, ma nessuno ti sta chiedendo di ammazzarti. Con tutto questo lavoro dev'essere dura per le unghie.

Non pensavo che l'avesse notato. Anche con i guanti da lavoro mi ero spaccata due unghie della mano destra e una della sinistra. Me le sarei fatte aggiustare appena fossi tornata nella civiltà. Un momento, non sarà stata sarcastica?

— In realtà sono qui per passarti un invito — ha detto.

— Un invito di chi?

— Di uno dei capi locali. Vuole che tu vada a cena da loro.

— E perché vorrebbe che *io* andassi a cena? — ho chiesto insospettita.

— Penso che gliel'abbia suggerito sua figlia, Ruth.

— Il padre di Ruth è un capo? Quindi lei è come... come una principessa! — ho esclamato, incredula.

— Qui direbbero semplicemente "la figlia del capo", ma l'analogia funziona.

— Non sono mai stata amica di una principessa.

— Nemmeno lei — ha ribattuto Renée. — Scusa, questa sì che era una frecciatina.

— Chiamarmi principessa non è una frecciatina, ma quasi un complimento — ho replicato in tono sdegnoso.

— La scelta è tua, ma devi sapere che sarebbe maleducato non accettare.

Ho cercato di immaginarmi come sarebbe potuta essere la cena. Avremmo mangiato nel loro "castello"? Quella capanna di fango e sterco? Avrei potuto tollerare il fumo nell'aria e l'odore di cacca di mucca? E cosa mi avrebbero dato da mangiare?

— E tu mi lasceresti andare? — Non sapevo se volessi sentirmi rispondere di sì o di no.

— Ribadisco, non sei in prigione. Potresti andare con Ruth a fine giornata, e poi manderei Nebala a prenderti al villaggio dopo cena per riaccompagnarti al campo. Ma solo se tu lo desideri.

— Non sono vestita per uscire a cena.

Fra tutto quello che potevo mettermi, avevo proprio i jeans... D'accordo, erano DKNY, ma erano lerci!

— Non penso che lo noteranno. Quindi?

Le opzioni erano tornare con gli altri in camion e mangiare quel che avrebbero mangiato loro – il che sarebbe stato normale e carino – o andare con Ruth e mangiare un misterioso pasto accovacciata in terra.

— Vado con Ruth.

— Bene. Portati dietro una bottiglia d'acqua. Puoi mangiare tutto, ma non bere per nessun motivo la loro acqua, ci siamo capite?

— Non ti preoccupare, non ho intenzione di bere niente che non provenga da una bottiglia.

Siamo entrate nel villaggio. Era ancora una distesa di fango, ma per qualche motivo non mi è sembrato così brutto e puzzolente come lo ricordavo. C'erano molte donne sedute davanti alle loro capanne, ma non ho visto la mamma di Ruth. Ho aspettato fuori mentre la mia amica e gli altri bambini correvano dentro le loro case.

Ruth è uscita quasi subito. — Mia madre non si sente bene, il bambino arriverà presto.

— Presto quanto? Adesso? — ho chiesto, senza fiato.

— Presto, fra un giorno o due, forse una settimana. Presto.

"Presto" andava bene, ma "oggi, immediatamente" no, non andava per niente bene.

— Dobbiamo andare a prendere l'acqua — ha detto Ruth.

Avevo scordato che la cena implicava che qualcuno, cioè Ruth, avrebbe dovuto *preparare* una cena. Lei non apriva il frigorifero o un rubinetto, né ordinava ai domestici di cucinare qualcosa. Forse ero davvero più principessa io di quanto non lo fosse lei. E senza dubbio la mia casa era un castello, rispetto alla sua. Anzi, diciamo pure che assomigliava di più a un castello anche solo il nostro capanno della piscina.

Ruth è uscita con due grandi contenitori gialli appesi alle spalle. Ha strillato un ordine – cosa che ho intuito dal tono di voce senza bisogno di capire le parole – e tutte le sue sorelle si sono alzate in piedi o sono accorse. Ciascuna ha preso un contenitore, compresa una bambina piccola, più o meno grande quanto il contenitore stesso.

— Vuoi aspettare o vieni con noi? — mi ha chiesto Ruth.

— Vengo con voi.

L'alternativa non era particolarmente allettante, né particolarmente profumata.

Abbiamo attraversato il campo fangoso e sono stata attenta a non pestare nulla che non fosse fango. Ci siamo lasciate alle spalle il recinto e la staccionata e poi abbiamo girato immediatamente a destra, allontanandoci dalla strada in direzione delle colline. Davanti c'erano altre ragazze che trasportavano contenitori dai colori brillanti. C'era chi li teneva sulla spalla o sulla schiena, mentre alcune più grandi li portavano in bilico sulla testa.

Mi colpiva il fatto che non ci fossero maschi. All'inizio non ne ho visto nessuno, ma poi ne ho notati alcuni più grandi che ci camminavano accanto, un po' distaccati. Invece che un contenitore, ciascuno portava una lancia.

— Com'è che i ragazzi non devono trasportare l'acqua? — ho chiesto.

— Non è un lavoro da maschi, loro devono camminare con la lancia.

— E in che modo aiutano a portarla? — Era così ingiusto. Le ragazze sembravano bestie da soma, e i ragazzi bighellonavano giocando con le armi.

— Non ci aiutano a portarla, ma a prenderla. *Askari*.

— Ci fanno da guardia? Ma guardia di cosa?

— La buca dell'acqua non la usano solo i Masai, ma anche tutti gli animali: zebre, gazzelle, antilopi. E ovunque vadano, i leoni le seguono, sempre.

Mi sono fermata di botto. Leoni? Fare una passeggiata al caldo e in mezzo alla polvere era un conto, ma i leoni? Forse sarei dovuta rimanere con la puzza.

— Loro ci proteggeranno. I leoni scappano quando vedono i Masai.

— Ma sono solo ragazzi! — ho protestato.

— Tu vedi ragazzi, i leoni vedono Masai. Non aver paura.

Ruth mi ha preso la mano e abbiamo camminato insieme. Il terreno era accidentato e c'erano alberi e lievi rialzi, abbastanza grandi da nascondere un leone. Le colline, ora più vicine, erano ricoperte di arbusti e cespugli abbastanza grandi da nascondere un elefante. Almeno un elefante l'avrei visto arrivare e sarei scappata. Quanto veloce poteva correre una creatura così grossa?

Ruth ha urlato spiccando un salto, al che io l'ho imitata e mi sono guardata attorno terrorizzata. Poi ho sentito una risata. Suo fratello era una decina di passi dietro di noi e ho capito perché stava ridendo. Per terra, esattamente ai piedi di Ruth, c'era un bel pezzo di sterco di mucca secco: gliel'aveva tirato lui sulla schiena. Ruth si è chinata, l'ha raccolto e l'ha usato per colpire a sua volta il fratello. L'ha preso di lato alla testa con un colpo di striscio molto rapido. Ora tutte le ragazze, me compresa, stavano ridendo di lui, che non sembrava affatto divertito.

— È davvero capace di usare quella lancia? — ho chiesto a Ruth.

Lei gli ha urlato qualcosa e il ragazzo è arrivato di corsa, imbronciato, levandosi lo sterco di mucca dai capelli. Ruth ha aggiunto qualcos'altro.

— Gli ho detto di colpire quel cactus — mi ha spiegato.

Lui ha tirato indietro la lancia e l'ha scagliata di lato in direzione di un cactus a una decina di metri da noi. La lancia ha colpito in modo preciso il virgulto più grande verticale e l'ha spaccato in due! Poi il ragazzo è corso a recuperare l'arma tutto orgoglioso.

Non sapevo se essere sorpresa, impressionata o se sentirmi solo un po' più sicura di prima. L'unica cosa certa era che ero felicissima che si fosse limitato a tirarci addosso una cacca di mucca.

Ora il terreno era in forte pendenza ed eravamo diretti verso una piccola gola. Ne scorgevo il fondo, dove iniziava l'altra pendice, ma là sotto non riuscivo a immaginare nemmeno un rigagnolo d'acqua. Presto ci siamo ritrovate a camminare su quello che, una volta, doveva essere il fiume. La sabbia molle ci scivolava sotto i piedi, e sulla parete rocciosa ho visto il segno dell'acqua alta. Nella stagione delle piogge doveva essere senza dubbio un fiume di grande portata, ma adesso era completamente in secca, fatta eccezione per alcuni punti fangosi al centro... E c'erano delle bambine in piedi nel fango... No, non poteva essere vero... Stavano riempiendo i contenitori d'acqua in quella pozzanghera melmosa! Sono incespicata in avanti, trascinata dall'ondata di bambine munite di contenitori. La pozzanghera di fango si trovava sul fondo di un avvallamento, una depressione scavata nella sabbia, e non era molto più grande di una piscina sul retro di una casa. Sul fondo c'erano due ragazzine che riempivano i contenitori e, a mano a mano, li passavano su per il pendio a un'altra ragazza la quale, a sua volta, li passava ancora più in alto finché non raggiungevano la sommità piatta e sabbiosa. Le ho viste riempire una decina di recipienti. L'acqua sembrava scura e sporca. *Era* scura e sporca. Le ragazzine del primo gruppo hanno finito di riempire tutti i recipienti e si sono arrampicate fuori dall'avvallamento.

Due sorelle di Ruth, una delle quali non poteva avere più di quattro o cinque anni, sono scese sul fondo scalando la roccia, e le ragazze più grandi hanno cominciato a gettar loro i recipienti facendoli rotolare giù per il pendio.

Altre sorelle si sono sistemate a metà strada, mentre io e Ruth siamo rimaste sulla sommità. La ragazzina più piccola ha inclinato nella pozzanghera il recipiente che si è riempito rapidamente. Poi l'ha passato verso l'alto. Vedevo lo sforzo sul suo viso e il lavoro che facevano i muscoli delle sue braccia per tirarlo su. Passando di mano in mano, il recipiente ha raggiunto la cima, Ruth l'ha preso e l'ha sistemato sulla sabbia fra di noi. L'acqua era ripugnante! Non potevano usarla per cucinare né per lavare, e l'idea di berla mi sembrava assolutamente inconcepibile.

Un secondo e un terzo recipiente sono arrivati in cima.

— Quest'acqua... non sembra molto pulita — ho detto.

— Ora no. Bisogna lasciarla riposare perché la terra scenda sul fondo.

— E così diventa pulita?

— Pulita no, ma abbastanza da poterla usare. Oh, guarda! — ha esclamato Ruth, indicando a un'estremità della roccia.

Un'intera mandria – così mi sembrava – stava facendo capolino dalle rocce e dalla cresta. C'erano zebre e piccole gazzelle, e anche un paio di impala.

— Stanno aspettando — ha spiegato Ruth. — Berranno quando ce ne saremo andate.

— Ma come possono bere tutti qui?

— In piccoli gruppi, faranno a turno. Probabilmente è l'unica acqua da queste parti.

Poi mi sono ricordata quanto mi aveva detto prima. — Se ci sono animali al pascolo, non ce ne saranno degli altri che se li vogliono mangiare?

— Sì, ma non ora. Guarda come sono tranquilli — ha risposto Ruth.

In effetti avevano un'aria calma, pacifica, sembravano animali domestici che, pazientemente, aspettavano che noi finissimo. Poi, con la coda dell'occhio, ho notato un movimento e mi sono spaventata. Ma subito mi sono accorta che erano solo due fratelli di Ruth che, insieme a un altro ragazzo, stavano circondando la mandria. Immaginavo volessero guardare più da vicino… No, non guardare da vicino… Volevano avvicinarsi per uccidere una bestia.

Si muovevano lentamente da una roccia all'altra, poi rimanevano immobili sul posto, per riprendere i lievi spostamenti non appena la mandria distoglieva lo sguardo da loro.

— Cercano di muoversi con il vento alle spalle — ha detto Ruth. — La maggior parte degli animali ha il fiuto migliore della vista.

Ero affascinata. Era la prima volta che vedevo delle prede e dei cacciatori all'opera. Mangiavo carne, ma non mi era mai capitato che un animale vivo diventasse carne davanti ai miei occhi. Una parte di me incitava i ragazzi, mentre l'altra era quasi in preda al panico e avrebbe voluto urlare per avvertire gli animali. Era un branco delizioso, era come voler far fuori Bambi!

I ragazzi si avvicinavano sempre più... Ma il bestiame, tutt'a un tratto, si è messo a scappare! I ragazzi gli sono corsi dietro scagliando le lance, che saettavano nell'aria e atterravano, senza colpire nessuno, nella sporcizia dove si trovavano gli animali fino a un attimo prima. Se n'erano andati via tutti. Ancora una volta non sapevo se sentirmi delusa o rallegrata.

— Questo è l'ultimo — ha annunciato Ruth.

Tutte le ragazze hanno sollevato i recipienti.

— Ecco, lascia che ti aiuti — ho detto, offrendole di portare uno dei contenitori.

— No, tu sei ospite.

— Sarebbe scortese se non mi consentissi di aiutarti — ho replicato.

Ruth ha annuito. Ha deposto a terra uno dei recipienti, il più piccolo, e io l'ho afferrato dalla cinghia: pesava una tonnellata! Mentre procedevo a stento, mi batteva contro la gamba.

— È più facile se lo porti in un altro modo — mi ha suggerito Ruth.

L'ha ripreso, mi ha avvolto la cinghia sul capo e mi ha messo il recipiente sulla schiena.

— Tieni la cinghia con tutte e due le mani e lasciala intorno alla testa.

Mi ha aiutato ad assumere la posizione corretta. Era ancora pesante, ma almeno così il peso era distribuito fra schiena, mani e testa. Forse in quel modo ce l'avrei fatta, almeno fino a metà strada. Ho risalito il pendio con fatica.

Di fianco a me c'era una delle sorelle di Ruth, e trasportava un recipiente uguale al mio, della stessa identica misura, con il metodo che Ruth mi aveva appena mostrato. Doveva avere sette o otto anni. Mi ha guardato e ha sorriso. Se lei era in grado di farcela, non avrei posato quel recipiente per nulla al mondo.

CAPITOLO 17

Ho bevuto quel che restava dell'acqua della bottiglia. Mi ha aiutato a mandar giù l'intruglio di farina gialla che aveva costituito la base della nostra cena: farina, qualche fagiolo e un po' di riso. Dato che era stato lui a invitarmi, avevo dato per scontato che il padre di Ruth avrebbe cenato con noi, invece non si è fatto vivo, come d'altra parte nessuno degli uomini. Erano ancora tutti fuori con il bestiame, solo le donne e i bambini mangiavano insieme, lasciando cibo sufficiente perché gli uomini potessero cenare più tardi.

Inizialmente quello strano cibo mi aveva reso nervosa, ma avevo guardato Ruth e le sue sorelle che lo cucinavano e avevo persino collaborato un po'. Non sarà stata *haute cuisine*, ma non era nemmeno così male. La parte peggiore era stata dover mangiare rannicchiati attorno al tavolino. Tutt'altra cosa rispetto alla nostra sala da pranzo, con fine porcellana, una tovaglia di lino appena stirata, il servizio d'argento antico della nonna, la luce delle candele, la musica classica discreta di sottofondo e una mezza dozzina di piatti preparati dalla cuoca e serviti in tavola per noi. Un altro mondo, senza dubbio.

Che risate, però! Ricordavo ben pochi sorrisi attorno alla tavola in sala da pranzo, e non mi sarei potuta nemmeno immaginare che la mia famiglia si mettesse a cantare di punto in bianco. E invece lì erano così, e non riuscivo a capire da dove saltasse fuori tutta quella felicità. Non avevano niente… ed erano *felici*. Come poteva essere? Quanto sarebbero stati felici se avessero avuto tutto quello che avevamo noi? Assolutamente in estasi, no? Ma sarebbe cambiato qualcosa, in fondo? O sarebbero stati forse addirittura *meno* felici? Era un po' difficile raccapezzarcisi.

Tutt'attorno, altre famiglie avevano cenato insieme, proprio come noi. Sembrava di essere separati e uniti allo stesso tempo. E c'erano così tanti bambini, tutte le case ne erano piene. Conoscevo alcune famiglie con due figli, di solito uno per sesso, un maschio e una femmina… Più della metà dei miei amici erano figli unici, infilati a forza fra il lavoro dei genitori e gli impegni sociali. Non è che quelle famiglie non potessero permettersi di avere più figli, non potevano permettersi il *tempo* per averli. Uno era fondamentale, anche due andavano bene. Ma di più era superfluo.

Che strano: non ritenevano inutile avere troppe macchine, una casa troppo grande o troppi soldi, ma i figli extra non erano nemmeno contemplati.

Talvolta avevo la sensazione che alcuni dei miei amici fossero più accessori che figli. Il padre e la madre li scarrozzavano in giro, li esibivano e poi li lasciavano nell'ombra, facendoli crescere da surrogati dei genitori, e rabbonendoli con regali, denaro e attività varie. Devo ammettere che anch'io, a volte, mi sentivo un po' così.

— Ci sono davvero tanti bambini — ho detto a Ruth.

— Sì, molti.

— E fra loro c'è la tua migliore amica? — ho chiesto.

— Sono tutti amici.

— Ma una è la tua migliore amica in assoluto?

Sembrava perplessa.

— Sai, qualcuno con cui hai voglia di passare la maggior parte del tempo, una persona con cui ti piace parlare, con cui vuoi fare tutto... la tua *migliore* amica, insomma.

Ha annuito, ha sorriso e poi mi ha indicato: — Tu! Sei tu la mia migliore amica.

— Io? — Ero senza fiato. — Ma ci sarà pure qualcun'altra.

— Mi piacciono tutti, ma voglio passare il tempo con te. E tu hai una migliore amica?

Ho pensato subito alle ragazze con cui uscivo, con cui facevo shopping e con cui andavo a scuola. Ce n'erano tante, ma non è saltato fuori nemmeno un nome. Avevo delle amiche, ma potevo dire di averne una a cui tenessi di più?

Ho indicato Ruth. — Tu. Tu sei la mia migliore amica.

Ha sorriso ancora di più e mi ha abbracciato forte. Probabilmente in parte l'avevo detto per lo stesso motivo per cui si risponde "anch'io" quando qualcuno ti dice "ti voglio bene". Ma non solo. Ruth mi sembrava la prima persona che non provasse a impressionarmi e che io, a mia volta, non cercassi di impressionare. Avevo la sensazione che avrei potuto raccontarle qualsiasi cosa e che lei avrebbe mantenuto il segreto. Non mi veniva in mente nessuno di cui avrei potuto dire la stessa cosa.

A un tratto ho sentito un leggero tintinnio: alcune mucche portavano il campanaccio, e ora stavano venendo verso casa. Gli uomini facevano ritorno insieme al bestiame. Presto i primi animali hanno fatto capolino dalla piccola breccia nella parete di rovi che circondava il villaggio, e poi sono entrati tranquillamente nel recinto. Sembrava che qualcuno avesse aperto un rubinetto: era un flusso continuo, e a poco a poco hanno riempito il campo fangoso.

— Ci sono molte mucche — ho osservato.

— Sì, il nostro villaggio ne ha molte — ha risposto Ruth. — Mio padre ne ha molte. Quante mucche ha la tua famiglia?

— Nessuna.

— Oh, che peccato! — ha esclamato lei con un'espressione sinceramente dispiaciuta.

— Noi non siamo Masai — ho spiegato. — Non abbiamo mucche, ma automobili e soldi.

— Aaaahh.

Apparentemente le sembrava logico.

— Non abbiamo mucche perché sappiamo che tutte le mucche del mondo appartengono ai Masai, e sarebbe sgarbato da parte nostra tenere il vostro bestiame.

Ruth è scoppiata in una risata. — Lo dirò a mio padre, lo farà ridere.

— Tuo padre dovrebbe tornare presto — ho osservato.

— Forse sì, forse no. Dipende da dov'era oggi il bestiame.

— Mi piacerebbe conoscerlo, spero di poter aspettare finché non torna.

— Non penso. Guarda.

In mezzo agli animali c'erano parecchi uomini, fra i quali ho riconosciuto Nebala, che era venuto a prendermi.

— Credo sia arrivato il mio accompagnatore. — Ho dato un abbraccio a Ruth. — Per favore, puoi dire a tua mamma *asante sana* da parte mia?

Sua madre era entrata a sdraiarsi perché non si sentiva bene. Mi sembrava la dimostrazione che la gravidanza non era necessariamente più leggera per chi ne aveva molta pratica.

Ho salutato con la mano le altre ragazze e mi sono incamminata attraverso il campo. Adesso era più difficile: non dovevo evitare solo le "torte" di mucca, ma le mucche stesse. Erano dappertutto. Lo so, eravamo in Africa, avrei dovuto temere leoni e leopardi, ma queste mucche erano davvero grandi, avevano le corna e...

— Uuuh! — ho sollevato un piede. Ero finita in un mucchietto di cacca ancora fumante.

Ho agitato il piede e ne sono caduti alcuni frammenti, mentre un paio di pezzi che avevo scosso via mi sono rimbalzati sulla gamba. Ancora meglio!

Con passo zoppicante mi sono diretta verso Nebala.

— Guarda prima di saltare — ha sentenziato lui. — È un vecchio proverbio africano.

— Giusto. Ora portami a casa perché mi devo assolutamente cambiare le scarpe.

E i vestiti, e farmi lo shampoo, e aggiustarmi il trucco. Poi ho pensato che, alla fine, non avevo nemmeno incontrato il padre di Ruth. Volevo vederlo.

— Possiamo rimanere ancora un po'?

— Non c'è tempo. Dobbiamo andare adesso.

— Solo un pochino, per piacere — ho detto, assumendo un'aria da cucciolo.

— No, dobbiamo andare via subito. C'è poca luce.

— Ma manca ancora un po' prima che faccia buio, che problema c'è se saremo sul camion quando... — Poi ho capito. — Hai portato il camion?

— Ho portato i miei piedi — ha risposto lui. — Il destro e il sinistro.

— Vuoi dire che dovremo andare a piedi fino al campo?

— Teletrasportaci, Scotty!

— Ma che ridere. — "Star Trek" era diventato ufficialmente noioso.

— Allora camminiamo, oppure corriamo. I Masai sono capaci di correre senza fermarsi mai.

— Io non sono Masai, quindi dovremo camminare. Mi dispiace che tu abbia dovuto fare tutta questa strada per venirmi a prendere.

— Mi piace camminare.

— Anche a me, ma sei stato comunque gentile a farlo. *Asante.*

— *Karibu.*

— Questo è il tuo villaggio? — gli ho chiesto mentre ci avviavamo, domandandomi se avesse qualche parentela con Ruth.

— No, non è neanche il mio clan. Il mio villaggio è da quella parte — ha risposto, indicando delle colline lontane.

— Quanto dista?

— Dipende. Ci posso arrivare anche in cinque ore, se cammino senza fermarmi.

— No, intendo dire a che distanza si trova, a quanti chilometri.

Ha scosso la testa. — Non lo so. So solo quanto ci si mette ad arrivarci da qui: cinque ore.

Ho guardato l'orologio: erano quasi le cinque e mezzo. Il tramonto era alle sei e mezzo circa, il crepuscolo durava una ventina di minuti. Dovevamo fare più di quattro chilometri in un'ora e mezza, ma a quella velocità ce l'avremmo fatta, per fortuna. Con o senza guerriero masai, non avevo intenzione di ritrovarmi là fuori al buio.

La strada, come sempre, era piena di buche e di solchi; l'unica cosa diversa era il panorama. Di tanto in tanto passavamo di fianco a campi di grano. In altri punti la vegetazione era scarsa: solo qualche cactus e un albero qua e là, oppure un paio di arbusti. A volte la strada aggirava piccoli dossi, o passava accanto a superfici rocciose. In lontananza si scorgevano dei villaggi, da cui salivano sottili volute di fumo. Sul ciglio della strada si potevano incontrare delle bancarelle, che non era la prima volta che vedevo, dove la gente vendeva la sua mercanzia; ma, dato che era sera, erano tutte chiuse.

A mano a mano che si smorzava, la luce del sole proiettava ombre sempre più lunghe, facendo correre la mia immaginazione: mi figuravo cosa potesse nascondere ogni cosa.

— Hai mai qualche timore quando sei qui da solo? — ho domandato.

— Timore!? — ha esclamato Nebala, poi ha scosso la testa. — Cosa significa "timore"?

— Agitazione, paura.

Ha riso. — Sono un Masai, non mi fa paura niente.

— Dai, tutti hanno paura di qualcosa. Dell'altezza, di parlare in pubblico, dei cani, dei serpenti... — Quando ho detto "serpenti", ha fatto una smorfia. — Ti fanno paura i serpenti?

— No, paura no. Solo che non mi piacciono. I serpenti sono così... così ripugnanti.

Mi è venuto da ridere. Anch'io odiavo i serpenti.

Stavo per appoggiare il piede, quando ho visto qualcosa e mi sono fatta da parte. Era una gigantesca cacca di mucca, così grande che, se ci fossi finita sopra, sarei sprofondata dentro con la scarpa fino alla caviglia.

Nebala ci si è accovacciato accanto. Che diamine stava facendo? Esaminava la cacca! Quindi non ero l'unica a essere colpita dalle sue dimensioni.

— Questa dev'essere della mucca più grande del mondo — ho detto.

— Non di mucca. Di elefante.

— Elefante...? È passato di qui un elefante?

Nebala l'ha toccata con il piede, e nell'aria è salito un po' di vapore. — Uno o due minuti fa.

Mi sono guardata attorno agitata. Non vedevo nessun elefante, e nemmeno un punto dove avrebbe potuto nascondersi. A meno che non fosse al di là di quei cespugli, o che fosse andato dietro la collina.

Nebala ha rovesciato indietro la testa e ha aspirato profondamente dal naso. Cosa sperava di fiutare, con quell'enorme mucchio di sterco di elefante che si ritrovava davanti? Ha girato la testa di qua e di là e ha guardato in tutte le direzioni, sempre annusando l'aria. Cercava forse di fiutare l'elefante?

Poi mi ha preso per mano. — Vieni — ha detto con un tono tranquillo.

Avrei voluto chiedergli che cosa avesse visto o annusato, ma sembrava non avere niente da dire. Ho lasciato che mi accompagnasse sulla strada e poi fra il grano. Si è messo il dito sulle labbra facendomi segno di restare in silenzio e abbiamo iniziato a camminare lentamente, cercando di non far frusciare gli steli al nostro passaggio. Ero contenta di non essere più sulla strada... Ma che altro poteva nascondersi fra il grano oltre a noi?

Nebala mi ha fatto segno di abbassarmi. — Rimani qui. — E prima che riuscissi ad afferrarlo, ha cominciato ad allontanarsi.

— Dove vai? — gli ho strillato.

Con la mano mi ha fatto capire che andava a dare un'occhiata lì intorno.

— C'è un elefante? — ho sussurrato.

Ha scosso la testa. — Ascolta.

— Non sento niente.

— Non un elefante. *Alcuni* elefanti.

Ha ripreso a muoversi, e io l'ho trattenuto per il braccio.

— Cosa faccio se arrivano qui mentre sei via?

— Buttati in ginocchio.

Ho fatto cenno di sì. — D'accordo, mi abbasso per non farmi vedere.

— No, è sempre bene inginocchiarsi quando si prega il proprio Dio.

— Dai, dico sul serio.

— Anch'io. Qui. — Ha preso la lancia e l'ha conficcata al suolo.

— Ma non ti servirà?

— Elefanti — è stata la sua unica risposta. E in effetti, cosa poteva una lancia contro un elefante?

Gli ho lasciato il braccio e lui si è avviato, svoltando rispetto alla strada, ma sempre in mezzo al grano. Ho cercato di individuare che pista seguisse sbirciando fra gli steli, ma lo avvistavo solo a tratti, finché a un certo punto è sparito dalla mia vista.

Mi sono voltata dall'altra parte sforzandomi di vedere la strada oltre il grano. Non distinguevo assolutamente nulla, e la cosa non mi piaceva, volevo capire cosa stava succedendo. Dovevo fare qualcosa, invece di starmene acquattata fra gli steli ad aspettare tutta tremante.

Mi sono messa in ginocchio e ho iniziato a trascinarmi in avanti verso la strada. Se avessi sbirciato fuori, avrei almeno potuto capire se c'era pericolo. Mi fidavo di Nebala, ma com'era possibile non vedere né sentire un branco di elefanti? Ero sicura che fossero da qualche parte, magari a più di un chilometro di distanza, e che lui fosse solo troppo prudente.

Sono arrivata quasi in fondo al campo e stavo per scorgere la strada quando... ecco apparire una zampa gigantesca, a cui ne è seguita un'altra, poi un'altra e un'altra ancora. Quando un secondo gruppo di zampe, grosse come tronchi d'albero e tanto vicine che avrei quasi potuto toccarle, mi sono passate silenziosamente accanto, mi sono paralizzata. Com'era possibile che un essere tanto grosso si muovesse in modo così rapido e silenzioso? Ho cercato di seguire le zampe con lo sguardo, ma ero impedita dagli steli che, grazie a Dio, mi nascondevano.

Ora proseguivano sulla strada: ormai ero al sicuro. Incredibile, mi era appena passato davanti un branco di elefanti! Almeno avevo visto passare le loro zampe, dato che, in effetti, non li avevo visti tutti interi. Sapevo che non dovevo farlo, sapevo che era stupido e probabilmente pericoloso, ma non potevo resistere, dovevo guardare.

Sono avanzata carponi, questa volta ancora più lentamente di prima, finché non sono riuscita a vedere oltre. Lungo la strada si muovevano quattro sederi di elefante, e uno era un baby-sedere. Che dolce! Non doveva essere più grande di un'utilitaria. Mi sarebbe piaciuto avere la macchina fotografica, perché nessuno mi avrebbe creduto.

Uno degli elefanti, l'ultimo della fila, si è fermato all'improvviso e si è guardato attorno. Ha voltato leggermente la testa da una parte, come se stesse cercando di ascoltare o vedere qualcosa. Che stesse guardando proprio me? Poi le sue grosse orecchie hanno iniziato ad agitarsi. Stavo emettendo qualche altro suono oltre al mio respiro? Quelle enormi orecchie riuscivano a cogliere il battito del mio cuore, che ora sembrava martellarmi in petto?

A quel punto un urlo ha lacerato l'aria, e io ho dovuto frenarmi per non saltare e mettermi a gridare a mia volta. L'elefante si è voltato dall'altra parte. Lungo la strada è apparso qualcosa, come una scintilla rossa: era Nebala! Si trovava a una cinquantina di metri di distanza. Stava in piedi là in mezzo e agitava le braccia gridando, impossibile che gli elefanti se lo perdessero.

Sono rimasti fermi a fissarlo. Ma cosa stava facendo? E quei bestioni a cosa stavano pensando? Erano confusi quanto me? Poi, senz'alcun preavviso, hanno cominciato a caricarlo. Un martellamento, il rombo delle zampe che sollevavano la polvere, il barrito e la corsa! Ho visto Nebala scansarsi da un lato e dall'altro, poi inerpicarsi da un'altra parte intrufolandosi in mezzo al grano.

Avrei voluto alzarmi e correre sulla strada, lontano dagli elefanti, verso il campo, ma mi sono trattenuta. Non potevo farlo, dovevo aspettare. Dovevo andare dove mi aveva lasciato Nebala perché lì sarebbe tornato a prendermi... sempre che fosse riuscito a tornare. Ho cominciato a retrocedere carponi, ma ho capito che forse non stavo andando nella direzione giusta. Gli steli sembravano tutti uguali.

Dovevo rallentare. Ho fatto un respiro profondo. Silenzio assoluto, non si udiva nemmeno il fruscio del grano mosso dal vento. Fino a un momento prima c'era un chiasso tremendo, e ora invece era tutto tranquillo: com'era possibile? Probabilmente gli elefanti avevano continuato a correre, lontano da Nebala. O forse lo avevano schiacciato come un insetto, e ora stavano facendo dietrofront per venire a prendere me.

Era una pazzia. Gli elefanti non davano la caccia alle persone... Ho smesso di pensarci e ho iniziato semplicemente a *pensare*.

Può darsi che gli steli fossero tutti uguali, ma non erano tutti attorno a una lancia masai conficcata al suolo. Dovevo solo trovare la lancia. Sarebbe stato bello averla in quel momento, forse non avrebbe fermato un elefante, ma poteva sempre fermare altre cose... altre cose che magari si nascondevano fra il grano assieme a me... No, dovevo impedire che la mia immaginazione prendesse il sopravvento. D'altro canto mi trovavo in Africa, era così fuori luogo pensare di preoccuparsi per un leone o per un cobra sputatore? Non mi stavo angosciando per una banda di strada, né temevo di essere investita da un camion, né...

Ho sentito una specie di tintinnio, un movimento fra gli steli di grano, e mi sono immobilizzata. Non aveva senso correre, dato che quasi tutto quello che mi preoccupava era sicuramente più rapido di me. La mia unica speranza era che, stando perfettamente immobile, non mi vedesse... sentisse... o fiutasse. Dio mio, come potevo evitare di emanare qualsiasi odore?

— Ti sei spostata.

Ho fatto praticamente un salto. Era Nebala, e aveva in mano la lancia.

— Ti avevo detto di non muoverti.

— Elefanti — ho mormorato. — C'erano gli elefanti.

— Te l'avevo detto. Pensavi che mi fossi sbagliato?

— Sbagliato no, ma volevo vederli con i miei occhi.

Lui ha scosso la testa. — Le donne masai e le donne bianche vogliono sempre vedere con i loro occhi. Dovreste semplicemente crederci, qualche volta.

— Non dovremmo stare in silenzio?

— Gli elefanti se ne sono andati.

— Ma erano qui, esattamente qui.

— Adesso sono lontani. Nessun pericolo.

— Li ho visti, e ho visto anche te.

Sembrava sorpreso.

— Ho visto che ti sei fatto rincorrere. Come sei riuscito a scappare?

— Ho corso.

— Sei più veloce di un elefante?

Nebala si è messo a ridere. — Corro così — ha risposto, muovendo la mano a zigzag. — Gli elefanti non fanno bene le curve e non ti rincorrono a lungo. Volevano solo che me ne andassi, e io volevo andarmene, quindi volevamo tutti la stessa cosa.

— Non ci posso credere. Ti ha rincorso un branco di elefanti — ho detto. — Dev'essere stato terrificante.

— Io sono un Masai. — Mi ha fissato con uno sguardo feroce.

— Dai, sinceramente.

L'espressione feroce si è sciolta in un sorriso. — Forse un po' di paura l'ho avuta. — Poi si è messo a ridere, e tutta la tensione è svanita. — Ma sarà il nostro segreto.

Mi ha fatto il saluto vulcaniano, e io ho ricambiato.

CAPITOLO 18

Ho cercato di essere la prima a scendere dal camion. Volevo fare un salto alla classe di Ruth per salutarla. Sapevo che l'insegnante non si sarebbe scocciato se l'avessi solo salutata. Mi sembrava troppo presto perché avessero già iniziato un compito in classe, e in ogni caso non avrei dato fastidio. Volevo raccontarle la storia degli elefanti. Avevo bisogno di confidarlo a qualcuno, e Nebala mi aveva fatto promettere di non dirlo a nessuno al centro. Metà dei ragazzi si sarebbe spaventata e l'altra metà, probabilmente, sarebbe voluta uscire a cercarli! Ma con Ruth sarebbe stato diverso. Ero sicura che, se gliel'avessi chiesto, non l'avrebbe detto a nessuno. Sapevo di potermi fidare di lei.

La porta era aperta e riuscivo a sentirli. L'insegnante diceva qualcosa che la classe ripeteva. Non avevo visto molte lezioni, ma avevo notato che usavano questo metodo. La memorizzazione costituiva gran parte della loro giornata scolastica. Memorizzare e ripetere, scrivere quanto avevano memorizzato ed esporlo agli esami.

Era tutto così strano. Dover fare un compito in classe per stabilire se potevi entrare o no alle superiori. E poi, se avevi buoni voti, sperare di avere abbastanza soldi per potertelo permettere, fare chilometri e chilometri al giorno per tornare a casa, occuparsi dei lavori domestici e riuscire a sfruttare la luce del giorno per studiare ancora un po'. Conoscevo persone che non arrivavano alla fine del vialetto di ingresso se non le portava qualcuno in macchina. Io ero una di quelle.

Poi ho pensato a tutti i miei amici che saltavano la scuola o che si lamentavano della sua inutilità, o di quanto fosse brutta e noiosa, o che facevano dannare gli insegnanti. Di nuovo, io ero una di quelli.

Ho fatto capolino dalla porta. Tutti si sono fermati, mi hanno guardato, hanno riso e mi hanno indicato. E dire che ero stata discreta.

— Stavo cercando Ruth… Non la vedo.

— Oggi non c'è — ha detto l'insegnante.

— Qualcuno sa perché? — ho chiesto.

Una delle ragazze in un angolo ha alzato la mano. L'ho riconosciuta, viveva nel villaggio di Ruth, era una delle sue cugine.

L'insegnante le ha fatto segno di parlare.

— È a casa, aiuta. Il bambino arriva oggi, e lei aiuta.

Era così emozionante! E spaventoso. Ruth poteva anche far da mangiare e portare l'acqua, ma non ci si poteva aspettare che facesse nascere un bambino, no? Dovevano pur avere un dottore o delle infermiere.

— Ci saranno molte persone a dare una mano — ha detto l'insegnante. Penso che avesse notato la mia espressione inquieta. — Donne molto esperte, ostetriche che fanno nascere i bambini. — Ha sorriso. — Sono nati molti bambini nel villaggio, non devi preoccuparti.

Ho apprezzato le sue parole, ma ero preoccupata lo stesso. I bambini, lì, saranno anche stati all'ordine del giorno, ma nella mia vita non lo erano, e quando nascevano c'erano grandi ospedali provvisti di dottori e infermiere, sale parto e camere operatorie, e tutto quello di cui si poteva aver bisogno. Lì c'erano solo fango e polvere. E se qualcosa fosse andato storto? Non osavo pensarci.

Ho sentito il rumore delle carriole che venivano spinte lungo il terreno e quello metallico di vanghe e cazzuole tirate giù dal camion. La mia giornata di fatica in prigione stava iniziando, e sapevo che presto avrei avuto a che fare con la mia guardia personale.

Meglio lasciare gli alunni al loro studio e cominciare il mio lavoro.

Mi sentivo sporca e puzzolente e avevo i capelli in uno stato pietoso. Ero coperta di fango e polvere di cemento da capo a piedi, con pezzetti di intonaco appiccicati alla pelle. E oltretutto mi facevano male dei muscoli che non sospettavo nemmeno di avere. Nel complesso, comunque, non era così terribile, più che altro mi sentivo come "intontita". Forse lavorare sodo mi aveva lasciato sotto shock, ecco perché ora non stavo male come avrei dovuto. Era una specie di esperienza extracorporea. Stavo sperimentando la ripugnante morte del mio io modaiolo, eppure indugiavo, guardandone il cadavere, e cercavo di capire se dovessi andare verso la luce, tornare indietro… o farmi una doccia.

Il mio modo per far fronte alla preoccupazione che provavo per la madre di Ruth era perdermi nel lavoro. Non potevo aiutare né lei né il bimbo, ma almeno potevo collaborare alla costruzione di una scuola in cui, un giorno o l'altro, sarebbe venuto anche quel bambino. Una scuola fatta di qualcosa di meglio che fango e filo spinato, una scuola dove lui potesse imparare e crescere… se ci fossero stati abbastanza soldi.

— È rimasta un po' di acqua calda? — ho chiesto a Mary Beth che usciva dalla doccia.

— Forse calda no, ma tiepidina sì. Ho cercato di non usarne troppa.

Mi sono chiusa la porta alle spalle. Ho sistemato i vestiti puliti sulla panca e mi sono strappata di dosso quelli sporchi. Avevo pezzetti di fango e di intonaco in ogni cantuccio, rientranza e fessura del corpo. Non sarebbe stata una cosa rapida. Quante altre persone c'erano in fila dopo di me? Due o tre. In ogni caso neanche se fossero state ventidue o ventitré mi sarebbe importato, perché dovevo lavarmi io. E ci sarei dovuta stare ben più di Mary Beth, perché avevo i capelli cinque volte più lunghi dei suoi e venti volte più bisogno di lei di avere un bell'aspetto.

Ho aperto l'acqua – era piuttosto tiepida – e ho lasciato che mi scorresse sulla testa. All'inizio sembrava che scivolasse via, respinta dalla polvere di cemento che aveva creato uno strato impermeabile sui miei capelli. Ho preso un po' di shampoo e mi sono insaponata. Ho sentito sabbia e sassolini contro le dita e il cuoio capelluto. Era terribile. Mi sono sciacquata cercando di eliminare tutti i pezzetti di polvere, sporcizia e shampoo. Ero certa che se l'avessi ripetuto ancora una o due volte sarebbe andato via tutto.

Ho inclinato leggermente il contenitore riempiendomi la mano di shampoo, ma poi mi sono fermata. Non avevo davvero bisogno di farlo di nuovo, e chi mi diceva che l'acqua non sarebbe diventata fredda nel bel mezzo dell'operazione, lasciandomi con un pasticcio di schiuma in testa? E poi c'erano altre due persone che aspettavano. Ho deciso che avrei finito di lavarmi e mi sarei vestita. E poi a mangiare. Avevo una fame che non ricordavo di avere mai avuto prima. Mi chiedevo chi avrebbe preparato la cena a casa di Ruth quella sera. Celebravano un neonato in famiglia o piangevano un lutto? Non lo sapevo, e in quel momento non c'era modo di scoprirlo. Avrei dovuto aspettare.

— Sei sicura di non voler venire con noi? — mi ha chiesto Sarah. Era venuta nella mia tenda per cercare di convincermi.

— Sì, sicura.

Quella sera andavano tutti a una cerimonia in un villaggio masai, ma io ero troppo preoccupata per avere voglia di unirmi a loro. L'unico villaggio che mi interessava era quello di Ruth. Sarei rimasta lì ad aspettare.

— Voglio solo riposare la schiena per poter lavorare domani — ho detto.

Era una scusa bell'e buona, anche se una parte di verità c'era. Mi ero stirata un qualche muscolo della schiena spingendo la carriola o spalando cemento. A casa non mi avrebbe creduto nessuno se avessi raccontato come mi ero fatta male. Ero sicura che non mi avrebbero mai potuto immaginare a fare né una cosa né l'altra. E invece le avevo fatte entrambe, e stentavo io stessa a crederci.

— Ti perderai tutto il divertimento.

— Starò bene qui. Ho un libro da leggere e andrò a letto presto.

— Dicono che forse sulla strada si vedranno anche degli animali. Sembra sia il momento migliore della giornata, appena dopo il crepuscolo. Io spererei tanto di vedere qualche elefante...

— Stai attenta, allora.

— Ma tanto so che non ce ne sono da queste parti.

Per poco non scoppiavo a ridere, ma mi sono trattenuta.

— Andrà tutto bene — ha detto Sarah, appoggiandomi una mano sulla spalla.

Era dolce. In un certo senso mi ricordava Ruth, o almeno me la ricordava più di qualsiasi delle mie conoscenti. Anche Sarah avrebbe potuto essere mia amica. E Mary Beth. Che faccia avrebbero fatto i miei amici se ci avessero viste passeggiare tutte e quattro assieme nella zona dei negozi? Avrebbero pensato che avevo perso completamente la testa. Be', di certo qualcosa avevo perso. E avevo guadagnato qualcos'altro.

— Pensi di potermi fare un favore? — mi ha chiesto Sarah.

— Dipende dal favore.

— Sono un po' in imbarazzo a chiedertelo. È solo che non sono mai stata molto brava con il trucco, e ho visto quello che hai fatto con Ruth. Mi chiedevo… Pensi che… Se non è un gran problema… Se potessi…

— Truccarti?

Ha fatto segno di sì con la testa e ha abbassato gli occhi.

— Posso, ma devo avvisarti che potrebbe crearti dei problemi.

— Problemi?

— Sì, può darsi che Tim ti corra dietro per tutto il campo.

Ha fatto una risatina ed è arrossita.

— Perché non chiedi anche a Mary Beth se vuole farsi truccare?

— Esco subito. — Christina è passata dentro di corsa dopo la doccia, ma solo per prendere una penna e un taccuino da portarsi dietro.

— Non hai voglia di una trasformazione? — le ho chiesto. — Oggi faccio un'offerta speciale per i neofiti del trucco. Prometto che non t'infilo l'eyeliner nell'occhio.

Okay, forse questa era un po' cattiva, anche perché in realtà non avevo niente contro di lei, sempre che lei non avesse niente contro di me. In ogni caso si è limitata ad aggrottare le sopracciglia, ha borbottato qualcosa del tipo "ho di meglio da fare" e se n'è andata.

Ho portato il libro in sala da pranzo e mi sono seduta con una tazza di tè chai davanti. Gli altri erano tutti intenti a prepararsi nelle loro tende e c'era quasi silenzio, un assaggio di quello che mi avrebbe aspettato quando fossi rimasta sola. Al campo ci saremmo stati solo io e gli *askari*. L'unica presenza in sala da pranzo, al momento, era Renée, ed era l'ultima persona che avevo voglia di vedere. In parte per come mi aveva trattato e per quello che mi aveva detto: non avrei saputo spiegare esattamente cosa mi turbasse di più, se le cose false o quelle vere.

Peraltro ero altrettanto turbata dal modo in cui io avevo trattato lei. Non era una cattiva persona e, in realtà, la maggior parte delle cose che avevo detto non le pensavo. Ero arrabbiata e volevo ferirla, ma talvolta è difficile rimangiarsi le parole. Non è come restituire in un negozio un articolo che non ti piace. Non hai a disposizione un buono da esibire alla cassa. Probabilmente Renée non aveva più voglia di parlare con me di quanta ne avessi io di parlare con lei.

Quindi me ne sono rimasta da una parte fingendo di leggere, e lei è rimasta seduta dall'altra. Chi lo sa, forse lei leggeva davvero. Intanto l'oscurità si addensava attorno a noi. Presto le luci fioche della sala da pranzo avrebbero consentito di vedere solo a qualche metro di distanza. E allora, al buio, avrei finalmente potuto guardare in alto e vedere un miliardo di stelle sfavillanti. Ovviamente erano le stesse stelle che vedevo nello stesso cielo da casa mia, ma qua non c'erano luci nelle strade né dentro le case, quindi si vedevano meglio. C'erano solo le tre lampadine appese alle travi nella zona pranzo e alimentate dal generatore, che sentivo ronzare lontano. Se avessi voluto, avrei potuto usare l'elettricità per la piastra e sistemarmi i capelli. Ma, in effetti, chi volevo impressionare? Preferivo starmene seduta lì a leggere.

Ho guardato Renée. Non sapevo cosa stesse leggendo, ma il libro la coinvolgeva molto. Ha alzato lo sguardo su di me e io ho distolto rapidamente il mio, imbarazzata per essere stata colta in flagrante. Forse non mi aveva visto o... Si è alzata, è venuta verso di me ed è rimasta in piedi sovrastandomi.

— Credo di doverti delle scuse.

— Per cosa?

— Sei stata quella che si è data da fare più di tutti, oggi.

— Non proprio tutti — ho replicato. — Ti ho guardato lavorare.

— Io? Ma io lo faccio di mestiere, vengo pagata. Tutti gli altri sono volontari... Be', quasi tutti... E non è una frecciatina.

— Lo so.

Si è seduta su una sedia di fronte a me.

— Posso farti una domanda? — le ho chiesto.

— Certo.

— Ho notato che non rendi la vita difficile solo a me,

ma anche a Christina. Qualche volta sei piuttosto dura con lei.

Renée ha sogghignato. Ah, quell'espressione! — Sì, qualche volta, è vero. Penso sia perché in qualche modo vi assomigliate.

— Noi due? Ma se non abbiamo assolutamente niente in comune!

— Certo che sì. Siete tutte e due bravissime a fare le principesse con la puzza sotto il naso.

— Io non ho la puzza sotto il naso... non sempre. Ma questo cosa c'entra con lei?

— Lei sfrutta la sua istruzione e la sua cultura, e tu sfrutti i tuoi soldi e la tua estrazione sociale. E questo fa restare le persone al loro posto. Christina si pone al di sopra di tutto e di tutti, ma non si può stare al contempo *con* la gente e *al di sopra* della gente. Mi ci è voluto un bel po' per capirlo, e tuttora a volte ho bisogno io stessa di un promemoria.

— Ma io non volevo dire questo. Ero solo arrabbiata.

— Sì, eri arrabbiata, ma era esattamente quello che volevi dire, e ho apprezzato la tua sincerità. Siamo tutti qui per imparare gli uni dagli altri. Io ho imparato da te.

— Davvero? E cos'hai imparato da me?

— A non avere pregiudizi.

— Non posso nemmeno immaginare che tu possa avere pregiudizi su qualcuno. — Lei trattava tutti allo stesso modo, bianchi o neri, giovani o vecchi.

— Avevo dei pregiudizi su di te. Bionda, truccata e

ricca... Ero sicura che fossi stupida, altezzosa e una rottura di scatole di prima categoria.

— E invece?

— Non sei affatto stupida — ha risposto, sogghignando.

— Solo altezzosa e rompiscatole?

Ha annuito. Su quel punto non avrei discusso.

— Per Christina nutro grandi speranze — ha proseguito Renée. — Penso che questa esperienza l'abbia fatta crescere. Forse un giorno potrei perfino offrirle un lavoro.

— E io? — ho chiesto.

— Per te ho speranze ancora più grandi. Si dice: a chi è stato dato molto, molto sarà chiesto. Tu hai moltissimo, e non parlo di soldi, quindi hai anche molto da dare. Non farti sottovalutare dagli altri. — Si è allungata e mi ha toccato la mano. — E soprattutto non farlo tu.

Ho annuito in modo quasi impercettibile. Sapevo cosa intendeva dire ed ero persino d'accordo con lei, ma ciò non significava che sarei riuscita a portare avanti la sua idea. La persona più difficile da battere, ho pensato, sei tu stesso.

— C'è tanto fervore in quella testa, e ci sono cose che non ti piace ammettere nemmeno con te stessa — ha aggiunto Renée.

— Per esempio?

— Che sei portata per le lingue, per dirne una.

Mi sono stretta nelle spalle. — Sì, me la cavo.

— Direi che non solo te la cavi. E come fai i conti.

— Immagino che lo shopping mi serva da palestra — ho detto in tono scherzoso.

— Non si tratta solo di soldi. Ti ho sentito parlare agli altri ragazzi di sacchi di cemento, di peso e di numero di blocchi. Sei straordinaria con cifre e misure.

Ho fatto di nuovo spallucce. Ero sempre stata brava in matematica, ma le uniche misure che mi interessavano erano fondamentalmente le mie, e l'unica cifra quella della bilancia, o la quantità di soldi che avevo nel portafoglio.

— E — ha continuato Renée — so anche che hai un cuore d'oro. Non solo nei confronti di Ruth. È stato molto carino da parte tua truccare Sarah e Mary Beth. Hai visto come le guardavano i ragazzi? E quello è impagabile.

— Mi sono divertita.

— Pensi di rimanere in contatto con loro una volta tornata a casa? — mi ha chiesto.

— Vivono praticamente dall'altra parte del paese.

— Hai ragione. Che peccato che non esista una magia tecnologica che permetta di raggiungersi miracolosamente da una parte all'altra del pianeta... No, aspetta, sì che esiste! Si chiama Internet!

— Buona samaritana e anche commediante!

— E cosa mi dici di Ruth?

— Non ho visto computer nella sua capanna.

— Ma ce n'è uno nei nostri uffici di Nairobi. Potresti mandarle messaggi o e-mail, e io mi impegnerei a farglieli ricevere, sempre che tu voglia restare in contatto con lei.

— Sì, certo che voglio.

— Perfetto. Amicizia regale: una principessa masai e una principessa californiana! Scusa, questa è l'ultima frecciatina!

— Non mi sono offesa, ma hai comunque la possibilità di rimediare — ho detto.

— Cos'hai in mente?

Mi sono allungata e ho tirato su la borsetta. L'ho aperta e ho estratto l'astuccio dei trucchi.

— Noooo — ha protestato lei.

— Perché no?

— Non mi trucco, tutto qui.

— Te lo chiedo di nuovo, perché no?

— Non lo faccio e basta.

— Hai paura che se qualcuno ti vede truccata non sappia andare oltre il trucco, e non capisca che si può portare l'eyeliner sugli occhi, ma vedere comunque in modo limpido? O che si possano avere bei capelli e anche una bella testa? O che si possa avere stile, ma non dover essere giudicati per i vestiti o…

— Okay, okay, hai vinto! — ha esclamato Renée, sollevando le mani in segno di resa. — E poi forse ho anche voglia di vedere se sto bene.

Mi si è buttata al collo e mi ha dato un forte abbraccio, che le ho restituito con un braccio solo. Ma che diavolo, ho appoggiato la borsa dei trucchi e l'ho stretta anche con l'altro.

— Sei proprio sicura di non voler partecipare all'attività di gruppo? — mi ha chiesto, sciogliendosi dall'abbraccio.

— Sì, va bene così. Sarò felice di restare qui da sola. E poi mi fa male la schiena.

— Non mi sorprende. Probabilmente oggi hai lavorato più duro di quanto tu non abbia mai fatto in vita tua.

— Non "probabilmente", senza ombra di dubbio — ho rettificato. Poi ho fatto una pausa. — Ho lavorato abbastanza da superare la prova?

— Non "probabilmente", senza ombra di dubbio — ha ribattuto lei. — Solo per curiosità, la schiena non è l'unico motivo per cui non vieni, giusto? Sei preoccupata per Ruth e sua madre.

— E tu no?

— Ci sto pensando, ma non sono preoccupata. Qui le donne partoriscono in continuazione. Sembra che non abbiano bisogno di ospedali o di dottori.

— Mai?

— Be'... quasi mai.

— È quel "quasi" che mi preoccupa.

— Magari è già tutto a posto e domani ti daranno la buona notizia — ha detto Renée.

— E allora domani smetterò di preoccuparmi — ho replicato.

— Okay. Adesso è meglio che mi prepari. Davvero non ti dispiace dover restare qui da sola? Posso rimanere a farti compagnia.

— Gli altri hanno bisogno che tu traduca per loro.

— Potrei incaricare un altro membro del personale — ha azzardato lei.

— Non sarebbe giusto nei loro confronti. E poi non resto completamente da sola, ci sono sempre gli *askari*.

— Sarai al sicuro.

— E prometto di non organizzare festini selvaggi in tua assenza — ho concluso. — Be', abbiamo parlato abbastanza, ora lasciati truccare.

CAPITOLO 19

Uno scampanellio forte e prolungato mi ha distolto tutt'a un tratto dai miei pensieri. Avrei voluto sapere cosa significasse, ma non c'era nessuno a cui chiedere. C'eravamo solo io, un fuoco che mi faceva compagnia e gli *askari* fuori, presso il recinto. In realtà non li avevo neanche visti. Si muovevano così piano nell'oscurità che erano pressoché invisibili.

Il campanello ha squillato di nuovo.

— Qualcuno va a vedere chi è? — ho strillato nella notte, a nessuno in particolare.

È suonato tre volte, e la terza ha continuato a lungo prima di smettere.

A parte il ronzio del generatore e il frinire delle cicale, era tutto silenzio.

Mi aspettavo che suonasse di nuovo, e invece niente. Chiunque o qualunque cosa fosse, adesso potevo tornarmene al mio libro, al mio tè e alle mie preoccupazioni.

Ma dal buio è sbucato all'improvviso un *askari* che mi si è parato davanti, facendomi spaventare a morte. Era giovane, non molto più grande di me. Quasi tutti gli *askari*, fatta eccezione per alcuni capi come Nebala, erano giovani.

— Devi venire — ha detto.

— Io? Perché? Cosa vuoi?

— Vieni.

Si è incamminato nell'oscurità. Sono saltata su, mi sono messa la borsa a tracolla e sono corsa a raggiungerlo. Aveva il tipico passo masai, con lunghe falcate molleggiate.

— Cosa succede? Dove stiamo andando?

Non ha risposto. L'ho seguito fuori, attraverso il boschetto e lungo il sentiero. Abbiamo svoltato l'angolo, e ho visto il cancello sul davanti: era aperto e c'erano altri due *askari*. Attorno a loro stava un gruppetto di persone e… Ma quella non era una carriola? La luce era troppo bassa e non si riusciva a distinguere nessuno. Mi sembrava che ci fosse un uomo con abiti rossi masai, e anche dei bambini. Cosa ci facevano fuori a quell'ora con… Era Ruth! Gli altri erano i suoi fratelli e sorelle, e quello era suo padre? Forse era venuta a dirmi che era andato tutto bene. Ma perché si erano portati dietro una carriola? Poi ho capito: c'era qualcuno dentro. Era la madre di Ruth!

Sono corsa da loro. La donna era sdraiata immobile, con gli occhi chiusi. Era… era…? Gli occhi le si sono spalancati di colpo e ha urlato di dolore, contorcendo il volto e inarcando il corpo. Ho sentito che il respiro mi si bloccava in gola.

Il padre di Ruth e gli *askari* hanno iniziato a discutere. Ruth si è chinata e ha preso le mani della madre, mentre il bambino più piccolo si è messo a singhiozzare.

Tra l'uomo e gli *askari* si svolgeva un dialogo concitato. Sono rimasta lì, impotente, ascoltando senza capire. Sapevo che la situazione era disperata e che dovevo solo tenere la bocca chiusa. C'entrava qualcosa con il bambino.

La donna ha chiuso di nuovo gli occhi e il suo corpo si è afflosciato.

Gli altri continuavano a litigare e a strillare e...

— Basta! — ho urlato. Sono rimasta sconvolta, perché tutti si sono zittiti e si sono voltati verso di me. — Devo sapere cosa sta succedendo.

Il padre di Ruth ha iniziato a parlarmi velocemente in swahili.

— *Hakuna... kizungu*! — ho urlato. Avevo bisogno che parlasse in inglese.

Si è bloccato e si è voltato verso Ruth, che ha annuito.

— Mia madre... il bambino non riesce a uscire... ha bisogno di aiuto.

— Ma qui ci sono solo io! Gli altri torneranno fra qualche ora!

— Non può aspettare ore. Deve andare alla clinica.

— La clinica? Dov'è la clinica?

— Dove c'è il mercato, a Emali.

Ho scosso la testa. — Non so dove sia.

— A trenta chilometri.

— Non è lontanissimo. Forse possiamo chiamare un'ambu...

Non c'erano telefoni, e probabilmente non c'era nemmeno un'ambulanza.

La donna ha urlato di nuovo.

— Mia madre morirà se non l'aiutano... Il bambino morirà.

— Ma, ma... io non so cosa fare — ho protestato.

— La macchina — ha detto Ruth. — La dobbiamo portare in macchina.

Mi sono guardata attorno. Certo! Potevano prendere in prestito l'auto! Non c'era nessuno a cui chiedere, ma chi avrebbe obiettato? Era un'emergenza, questione di vita o di morte, e suo padre era un capo! Sono corsa alla macchina, sperando solo di trovare le chiavi... Sì, erano inserite.

— Forza, forza, portatela in macchina, svelti!

Mi sono spostata sul retro dell'auto e ho sollevato lo sportello posteriore. Lì avrebbe potuto stendersi. Ho visto che sul sedile dietro c'era una coperta: l'ho afferrata e l'ho adagiata sul fondo. Almeno era qualcosa di morbido su cui sdraiarsi... anche se non avrebbe mai potuto attutire i colpi delle migliaia di buche che avrebbero trovato lungo la strada.

Il padre di Ruth ha iniziato a spingere la carriola, ma i tre *askari* l'hanno bloccato! Dopodiché si sono messi a litigare gesticolando e urlando l'uno contro l'altro.

— Ruth, cosa succede?

— Dicono che non possono lasciare uscire la macchina. Non sono autorizzati!

La discussione stava diventando sempre più furiosa. A un certo punto il padre di Ruth ha fatto un passo indietro, si è scostato la tunica e ha tirato fuori la *konga*!

— Fermi! — ho strillato. Mi sono intrufolata fra loro e mi sono piazzata di fronte agli *askari*. — Lei andrà in macchina — ho detto. — Qui decido io, mi hanno affidato la responsabilità del campo, e io li autorizzo a prendere la macchina.

Sembravano tutti confusi, ma nessuno convinto. Era il momento di attaccare sul serio.

— Fatevi da parte, subito! Vi ordino di andarvene! Se non mi ascoltate, vi faccio licenziare! Capito?

Non avevano capito.

Mi sono voltata verso Ruth. — Ho bisogno di un'espressione per dire "vi faccio licenziare". — No, non capiva neppure lei. — "Vi faccio cacciare"... Come si dice "cacciare"?

— *Kuwinda.*

— Voi tre, ascoltatemi. Ora toglietevi di lì o vi *kuwindo* tutti quanti! È chiaro?

A tutti e tre sono scintillati gli occhi: avevano capito. Ma continuavano a non muoversi. Dovevo aggiungere qualcos'altro.

— È la vostra fine... Ruth, hai capito in che senso "è la vostra fine"?

Ha scosso la testa.

— Il loro lavoro... *morto*!

— Oh! *Itakufa*! — ha esclamato.

— Bene. Ora fatevi da parte, o vi *itakufo* tutti! — ho urlato. — *Kuwinda. Itakufa*!

Sono praticamente balzati via. Il padre di Ruth ha tirato fuori dalla carriola la moglie, che gemeva e sembrava avere il corpo tutto irrigidito. L'ha sistemata nell'auto e le ha avvicinato la faccia all'orecchio bisbigliandole qualcosa. Non riuscivo a sentire, e non avrei comunque capito le parole, ma ero certa che la stesse rassicurando. Poi si è sollevato e io ho chiuso lo sportello.

— Le chiavi sono già inserite — ho detto a Ruth. — Puoi lasciare qui i tuoi fratelli e le tue sorelle, me ne occuperò io.

— No — ha ribattuto. — Devi venire con noi.

— Non posso fare molto, e devo assolutamente restare qui per spiegare tutto ai responsabili quando torneranno.

— Non capisci. Mio padre non sa guidare, dovrai farlo tu.

— Io? Ma ho solo quindici anni... Non ho la patente.

— Ma sai come si fa?

— Sì, certo, tecnicamente sì, e ho anche già guidato, ma di sicuro ci sarà qualcun altro in grado di farlo. — Ho guardato i tre *askari*. — Qualcuno di voi sa guidare?

Hanno scosso tutti la testa. Avevamo una macchina, una 4x4, avevamo le chiavi, e io ero l'unica persona che sapesse guidare. Era follia pura. Ma che alternativa c'era?

— Salite! — ho strillato. — Ruth, tu mettiti dietro. Tuo padre invece deve venire davanti per darmi le indicazioni. I bambini restano qui. Voi tre — ho detto indicando gli *askari* — farete da babysitter. Ruth, che parola si usa?

— *Angalia*.

— Prendetevi cura dei bambini. *Angalia*! Chiaro?

Hanno subito annuito. Così andava meglio.

— E ora partiamo.

Mi sono seduta al posto di guida, e il padre di Ruth si è piazzato accanto a me, dopo aver sistemato la lancia sul fondo dell'auto, inserendola fra i due sedili. Ho girato la chiave e il motore ha preso vita. Fin lì tutto bene.

Ho pensato alle mie lezioni di guida, me ne mancavano due per terminare il corso. L'avrei presa come un'ulteriore lezione. L'unica differenza era che al mio fianco c'era un guerriero masai e non un istruttore di guida, che ero dalla parte sbagliata della macchina e mi accingevo a guidare dalla parte sbagliata della strada, che la suddetta strada sembrava più che altro una mulattiera, che ero in Africa ed era notte, e che dietro c'era una donna incinta e forse moribonda. Praticamente la stessa cosa. Ho sistemato lo specchietto retrovisore, mi sono allacciata la cintura di sicurezza e ho messo in marcia.

La macchina ha fatto un balzo in avanti. Le avevo dato troppo gas e così ho premuto sul freno, ho fatto la curva attorno al viale d'ingresso e mi sono avviata verso il cancello. Ma... non era più largo?

Mi sono diretta al centro, sapendo che, se avessi toccato da un lato o dall'altro, l'automobile di metallo avrebbe ricevuto una scarica elettrica. Siamo scivolati attraverso l'apertura.

Nello specchietto retrovisore ho guardato gli *askari* che richiudevano il cancello alle nostre spalle.

Appena fuori dal campo il sentiero era brutto, ma probabilmente era il miglior tratto che ci sarebbe toccato. Una volta sulla strada, ho frenato e mi sono fermata.

— Da che parte? — ho strillato.

Il padre di Ruth ha indicato a sinistra, verso il loro villaggio, ossia nella direzione opposta rispetto a quella che avevano preso gli altri uscendo. Non so perché, per una frazione di secondo avevo sperato che avremmo potuto incontrarli e che Renée si sarebbe occupata di tutto, ma la sorte non era dalla mia parte.

Siamo finiti nella prima grossa buca e non sono saltata in aria solo grazie alla cintura di sicurezza. La madre di Ruth non è stata altrettanto fortunata e, riatterrando, ha urlato di dolore. Dovevo fare attenzione, non potevo farla soffrire ancora di più. Non potevo neanche rischiare di uscire di strada, oppure non sarebbe mai arrivata, o addirittura avremmo potuto essere ricoverati tutti quanti. La luce dei fari si proiettava molto in là davanti a noi, illuminando la strada. Sembrava una piccola oasi di luce in un immenso deserto. Tutt'attorno c'era solo oscurità.

Il padre di Ruth si è voltato e ha detto qualcosa alla figlia; lei ha annuito.

— Mio padre vuole sapere se l'avresti fatto davvero, se avresti fatto agli *askari* quello che hai detto.

— Era più che altro una minaccia, ma ci avrei provato.

— E come avresti fatto? — mi ha chiesto. — Come li avresti cacciati e poi uccisi?

— Cacciarli? Ucciderli?

— Sì, come gli avresti dato la caccia?

— La caccia...? No... non capisci... La caccia non c'entra niente. Li avrei licenziati dal lavoro. Non li avrei uccisi, li avrei fatti licenziare, gli avrei fatto perdere il lavoro!

— Ma tu non hai detto così. Hai detto che gli avresti dato la caccia e che li avresti uccisi.

— Non lo sapevo... Ho solo usato le parole che mi hai detto tu.

— Sì, hai detto che li avresti fatti morire se non si toglievano di lì.

— Non intendevo dire così... Oh, ma non importa, ha funzionato!

Ruth ha sorriso. — Non dirò a mio padre che hai usato le parole sbagliate. Ti rispetta molto perché li avresti uccisi. Peraltro così hai salvato loro la vita.

— E come, scusa?

— Se tu non li avessi convinti, li avrebbe uccisi lui.

Mi sono girata verso il sedile posteriore per una frazione di secondo, poi ho ripreso a guardare la strada e sono saltata sul freno: di fronte a noi si apriva un avvallamento gigantesco! Ho rallentato fino a fermarmi per evitare che ci ritrovassimo sul fondo. Era davvero incredibile. Non solo stavo guidando senza patente, ma avevo tecnicamente rubato una macchina – o quanto meno l'avevo presa senza autorizzazione – oltre a essermi appena resa conto di avere minacciato di morte tre persone che stavano cercando di impedirmelo. Non osavo nemmeno pensare cosa mi sarebbe successo.

Ho guidato lentamente l'auto giù per l'avvallamento, abbiamo fatto un balzo e la madre di Ruth ha lanciato un grido. Non c'era tempo per pensare a cosa mi sarebbe successo.

A ogni buca mi reggevo forte. Non solo per il salto, ma anche per il grido di dolore che seguiva. Dopo un po' ho avuto la sensazione che mi stessi immunizzando, i lamenti della madre di Ruth non mi toccavano più come prima, ma presto ho capito che non era così. Semplicemente gli strilli erano meno acuti e meno forti. Forse si stava abituando a quel viaggio, o forse non soffriva così tanto. Probabilmente, invece, stava perdendo le forze. Il mio timore iniziale, ovvero che potesse partorire in macchina, era stato sostituito da un pensiero più tremendo: quella donna poteva morire nell'auto, davanti ai miei occhi, e sarebbe stata colpa mia perché non l'avevo portata alla clinica in tempo.

— Puoi andare più veloce? — ha chiesto Ruth.

— Sto andando più veloce che posso. Non riesco a vedere la strada con questo buio, ma faccio tutto il possibile. Come sta tua madre?

Non ha risposto.

— Ruth, come sta?

— Penso che dovresti andare più veloce.

— Se vado più veloce, il viaggio sarà più duro e per lei sarà peggio.

— Per favore, ha bisogno di aiuto.

Ho guardato nello specchietto retrovisore e sono riuscita a vedere Ruth: sembrava terrorizzata. Avrei voluto dirle qualcosa, che era tutto a posto, che sua madre sarebbe stata bene. Ma non riuscivo, non volevo mentirle.

Abbiamo preso velocità e il motore ha rombato. Ora sarebbe arrivata un'altra buca, ne ero certa, ma qual era l'alternativa? Guidare lentamente l'avrebbe solo portata a una morte lenta. La macchina traballava mentre avanzavo cercando di trovare la rotta migliore e più piana. Siamo caduti in una buca finendo tutti per aria. La mamma di Ruth ha urlato di nuovo. Ero quasi contenta.

— Quanto manca? — ho chiesto.

— Abbiamo fatto più di metà strada — ha risposto Ruth. — Molto di più.

— Ma è assurdo! Non si può vivere così lontano dal primo posto di soccorso. C'è bisogno di una clinica vicino al villaggio.

— Niente soldi per la clinica — ha detto Ruth.

— Ma cosa c'entra il denaro? La gente non dovrebbe morire per qualche spicciolo!

Non avrei dovuto dirlo... non la parte sulla morte... In ogni caso era quello a cui stavamo pensando tutti.

Ho premuto sul freno facendo slittare la macchina da

un lato. Sulla strada c'era una gigantesca gola, un torrente doveva aver lavato via tutto il margine. Sono avanzata gradualmente, il fondo della macchina raschiava quando battevamo, e poi ho iniziato a risalire piano dall'altra parte.

Avevo voglia di pregare, ma non potevo chiudere gli occhi. Dio avrebbe capito. "Per favore, lasciaci almeno arrivare dall'altra parte sani e salvi. Fa' che lei stia bene. Fa' che il bambino stia bene. Amen. Per favore. Per favore, Dio. Per favore."

— Ecco! — ha urlato Ruth. — Siamo arrivati!

I fari hanno sbattuto contro la facciata di un piccolo edificio a un solo piano e completamente buio. E quello... cos'era? Ho accostato all'ingresso principale e ho suonato forte il clacson. Il suono è esploso nell'oscurità.

Il padre di Ruth è saltato giù dalla macchina prima ancora che mi fermassi. È corso alla porta principale e ha iniziato a batterci contro urlando con quanto fiato aveva in gola. Presto si è illuminata una delle finestre, seguita da una seconda e da una terza. Non so chi ci fosse dentro, ma ormai era sveglio!

— Aiutiamo tua madre a uscire dalla macchina — ho detto a Ruth.

Sono smontata e mi sono diretta verso la parte posteriore. Quasi temevo quello che avrei potuto trovare. Ho aperto lo sportello. La donna aveva gli occhi aperti e sorrideva, un sorriso triste e coraggioso. Le ho teso una mano e lei l'ha afferrata. Piano piano è riuscita a mettersi a sedere; poi io e Ruth l'abbiamo aiutata ad alzarsi in piedi. Dietro era pieno di sangue, e anche il suo vestito rosso era macchiato!

Stava tutta curva, come se stesse cullando il bambino dentro di sé. Avanzava strascicando i piedi, a piccoli passi, mentre noi la sostenevamo. Il padre di Ruth aspettava sulla porta, ormai aperta, da cui usciva a fiotti la luce. Stava parlando con una donna che speravo fosse un'infermiera o, meglio ancora, una dottoressa. Discutevano, anzi no, stavano proprio litigando.

— Cosa succede? — ho chiesto a Ruth.

— Lei dice che mia madre non è paziente della clinica, quindi non la può aiutare. Dice di andare alla clinica lungo la strada.

— C'è un'altra clinica? E dove?

— A un'altra trentina di chilometri.

— Ma non è possibile! — ho protestato. — È inconcepibile. Aiutiamo tua madre a mettersi seduta.

L'abbiamo sistemata con cautela a terra, proprio davanti al vano della porta.

— Tu! — ho esclamato. — Tu parli inglese?

La donna ha fatto cenno di sì. — Io parlo inglese, ma quest'uomo non capisce che sua moglie non può...

— Sei un'infermiera?

— Sì, sono un'infermiera.

— Bene, allora noi adesso portiamo dentro questa donna e tu l'aiuti.

— Non capisci. Questa donna non è...

— No, sei *tu* che non capisci. Questa donna ha bisogno di assistenza medica e tu ora l'aiuti. E se non lo fai... sai cos'è una causa?

Avevo come la sensazione che non lo sapesse.

— Se non aiuti subito questa donna e le succede qualcosa, farò in modo che tu perda il lavoro, che perda la qualifica di infermiera, e farò di tutto per mandarti in galera! Lo capisci questo? — ho strillato.

La sua bocca si muoveva, ma non usciva nessuna parola.

— Io... io non ho il permesso di lasciarla...

— Il permesso? Sei un'infermiera! Ti hanno insegnato a soccorrere la gente o a cacciarla via e farla morire? Riusciresti ancora a guardarti allo specchio se succedesse? Da' un'occhiata a questa donna. Ha bisogno del tuo aiuto.

Lei si è portata le mani al volto e ha guardato la madre di Ruth, rannicchiata a terra. La fissava come se volesse davvero aiutarla.

— Dove dobbiamo portarla? — le ho chiesto.

— Dentro. Seguitemi.

Io e Ruth abbiamo sollevato di nuovo sua madre e l'abbiamo accompagnata all'interno.

— Pensavo che avresti minacciato di morte anche lei — mi ha detto Ruth a bassa voce.

— Sarebbe stata la mossa successiva.

Abbiamo seguito la luce lungo il corridoio. Il padre di Ruth ci veniva dietro con la lancia in mano. Non c'era pericolo che io uccidessi davvero qualcuno, ma per lui non avrei potuto giurarlo.

— Qui, mettetela qui — ha detto l'infermiera. Era in piedi accanto a un tavolo di metallo arrugginito con sopra una squallida imbottitura marrone.

L'abbiamo sistemata sopra. Un sottile rivolo di sangue le scendeva fra le gambe. Ho pensato che forse era il caso di andarsene. Ho fatto un passo, ma Ruth mi ha afferrato per il braccio e ho capito che dovevo restare lì.

L'infermiera l'ha visitata, rivolgendole alcune domande. Poi si è voltata verso di noi: — Non posso fare niente.

— Cosa vuol dire che non puoi fare niente? Hai promesso che ci avresti aiutato.

— Il bambino è girato di piedi, e non posso farlo uscire. C'è bisogno del dottore.

— Dov'è? — ho chiesto.

— Sta dormendo nella casa sul retro.

— Lo dobbiamo svegliare. In quale casa?

— E poi — ha aggiunto — c'è anche bisogno di operare... aprirla... Ha bisogno di medicine... antisettico... anestetico, molti, *molti* soldi.

— Soldi? — ho esclamato, e sono scoppiata a ridere. Tutti mi hanno guardato come se fossi pazza. — Ti servono soldi? — Ho aperto la borsetta e ho estratto una mazzetta di banconote, gettandole sul tavolo. — Bastano?

L'infermiera ha guardato i soldi, poi la paziente e infine me. — Vado a chiamare il dottore.

CAPITOLO 20

Ho sentito il rumore del camion prima ancora di vederlo, poi ho visto la luce dei fari sulla strada. In realtà non riuscivo a distinguere se fossero loro, ma chi altro poteva essere? Forse avrei dovuto alzarmi e andare loro incontro, ma ero troppo esausta, così esausta che non riuscivo nemmeno a muovermi; quindi sono rimasta seduta su un gradino del portico della clinica.

Il camion ha rallentato con un forte stridio e poi si è infilato nello spazio accanto alla jeep. I fari mi puntavano dritti in faccia, e mi sono coperta gli occhi con il braccio. Le luci si sono spente, il motore si è fermato e le due portiere si sono aperte di scatto. Renée e Nebala sono saltati fuori e mi sono corsi incontro.

— Stai bene? — mi ha gridato Renée.

— Sì. Stanno tutti bene: madre e neonata. Sono dentro.

Morivo dalla voglia di fare un commento sul suo trucco – stava d'incanto – ma poi ho pensato che non fosse il caso.

Renée si è lasciata sfuggire un profondo sospiro. — Grazie a Dio.

— La bambina era podalica — ho cercato di spiegare. — Non riuscivano a girarla e non poteva uscire. Stavano per morire entrambe, il dottore ha dovuto operare.

— Avresti dovuto aspettare che tornassimo — ha replicato lei.

— Il dottore ha detto che sarebbero morte se non avesse operato subito. La madre stava per morire dissanguata. Ruth adesso sta donando il sangue per lei — ho detto, indicando la porta. — Sono davvero nei guai?

— Non avresti dovuto minacciare di morte gli *askari*.

— Non intendevo dire quello. Stavo cercando di fargli capire che li avrei fatti licenziare, non che li avrei cacciati e uccisi! — ho protestato.

Nebala ha ridacchiato.

— Immaginavo che fosse un problema di traduzione — ha detto Renée.

— Non avevo altra scelta, dovevo prendere la macchina.

— *Rubare* la macchina.

— *Prenderla in prestito*. Guarda, è lì. È tutto a posto... Forse le sospensioni non funzionano perfettamente... ma pagherò la riparazione.

— Non funzionava già bene, non ha senso ripararla. Al prossimo viaggio andrebbe in tilt di nuovo. Ma, Alexandria, stavolta l'hai fatta davvero grossa. Avresti potuto uccidere te e tutti loro.

— Ma non mi stavo mica facendo un giretto in macchina. Che altro potevo fare?

— Non molto, suppongo.

— Quindi, sono davvero nei guai? Cosa scriverai nel tuo rapporto per il giudice?

— Ho già scritto quasi tutto — ha risposto Renée. — Ho scritto che hai lavorato duro, che ti sei relazionata con la gente del luogo, che ti ho visto crescere e che sono orgogliosa di come sei cambiata.

— E ora?

— Detesto riscrivere le cose. E poi adesso ho le prove che quanto dicevo era vero: sono molto orgogliosa di te.

— Di cosa sei più orgogliosa? Del furto dell'auto, della guida senza patente o delle minacce di morte a quegli uomini?

— Di tutte e tre le cose, a pari merito.

— Spero che il giudice la pensi come te.

— Ci sono cose che non serve sappia nemmeno un giudice.

Sulla soglia è comparsa l'infermiera. — Vogliono vederti — mi ha detto.

Mi sono alzata, ma sentivo le gambe di gelatina e temevo di cadere.

Renée si è sporta per reggermi. — E se venissi anch'io? — ha proposto.

— Può essere una buona idea.

Mi ha tenuto per un braccio e siamo entrate, proseguendo lungo il corridoio verso la piccola zona sul retro. C'erano due letti, che costituivano la capienza della clinica. Ruth, stesa su un letto, stava donando sangue, e sua madre, sull'altro, allattava la neonata. Non avevo mai visto una bimba così piccola. Era minuscola.

La donna mi ha fatto cenno di avvicinarmi e mi sono

accostata al suo letto. Ha preso la bimba e me l'ha passata per farmela tenere. Io ho esitato.

— Forza — mi ha incoraggiato Renée. — Non ti preoccupare, non la fai cadere.

Lentamente e con cautela ho preso la bambina, tutt'avvolta in una coperta azzurra ruvida, e l'ho stretta a me. Era così piccola che sembrava di stringere aria. Così bella. Così viva.

La madre di Ruth parlava, ma non capivo cosa dicesse.

— Dice che la bambina è tua — mi ha spiegato Renée.

— Mia? Ma non posso portarmi dietro una bambina!

— Non te la devi portare dietro. Lei resterà qui, ma la famiglia considera che sia tua.

— Okay... *asante sana.*

— Mia madre chiede anche come si scrive il tuo nome — ha detto Ruth.

— Ne hanno bisogno per compilare i moduli dell'ospedale?

Ruth ha scosso la testa. — Per il certificato di nascita. La mia sorellina si chiamerà Alexandria.

Ero sbalordita. Ho abbassato lo sguardo sulla bambina che avevo fra le braccia.

— Cosa ne pensi? — ha chiesto Renée.

— Mi piace. Alexandria... Alexandria d'Africa.

CAPITOLO 21

Ho tirato giù la valigia dal nastro trasportatore. Il resto dei bagagli e dei vestiti era rimasto là. Avrei sempre potuto comprarne degli altri, se avessi voluto. C'erano almeno due o tre negozi che dovevano essere arrivati sull'orlo del fallimento nelle settimane in cui non ero stata in circolazione. Avrei rimediato al più presto chiamando le mie amiche per uscire a fare shopping, anche se, naturalmente, le avrei avvisate che prima avrebbero dovuto ascoltare qualcuna delle mie storie.

Mi sembrava che tutti, attorno a me, si muovessero molto rapidamente. Io non avevo tutta quella fretta. Cioè, morivo dalla voglia di rivedere i miei genitori, semplicemente non avevo una gran fretta. Mi sono fermata presso l'uscita degli "Arrivi", dove tutti aspettavano. Alcuni passeggeri si sono infilati svelti fra le porte e ho visto una folla di persone in attesa appena fuori, dopo la barriera. Era arrivato il momento.

Ho trascinato la mia valigia. Mi sembrava che ci fossero migliaia di persone. Fissavano, allungavano il collo, tenevano in mano cartelli, speravano e aspettavano. Alcuni si erano già ritrovati e si stavano abbracciando o stringendo la mano. Ma dov'erano i miei genitori? Pensavo che almeno mia madre venisse... e speravo che anche mio padre riuscisse a mollare il lavoro per passare a prendermi.

— Alexandria!

Mi sono voltata in cerca della voce, e di mia madre. Eccola! C'era anche mio padre, e mi stavano correndo incontro, agitando le mani e strillando. Sono volata verso di loro e ci siamo ritrovati in un grande abbraccio. Ho sentito che mia madre singhiozzava e mi sono resa conto che anch'io stavo per mettermi a piangere.

— È così bello rivederti! — ha esclamato lei. Poi ha inclinato la testa da una parte e mi ha guardato in modo strano. — Poverina, sembri stravolta.

— No, non lo sono. Ho dormito sull'aereo.

— Tua madre ha ragione, sembra che tu abbia gli occhi stanchi...

— Semplicemente non sono molto truccata.

— Allora devi essere *davvero* esausta — ha osservato la mamma.

Ho cercato di non ridere. — Sto bene, davvero.

— E i tuoi capelli? Cosa ti è successo ai capelli?

— Non è successo niente ai miei capelli. Li ho solo legati dietro.

— Be', è... è diverso, così. E quella bandana... è così... così *pittoresca.*

— Sono contenta che ti piaccia. Ne ho una anche per te.

Mamma ha spalancato gli occhi, scioccata.

— Sto scherzando — mi sono affrettata ad aggiungere. Sembrava sollevata.

— Non ti preoccupare, ti fisso un appuntamento con Henri. Gli dirò che è un'emergenza.

Allora ho capito che non aveva la più pallida idea di cosa fosse una *vera* emergenza.

— Davvero io non... Be', forse è il caso che lo chiami.

— Ecco la mia bambina! — ha esclamato lei.

Sì, lo ero e non lo ero, ma non aveva senso cercare di spiegarlo. C'era così tanto da spiegare, così tanto da dire. E c'erano così tante cose che cercavo ancora di comprendere io stessa.

— Dove sono gli altri bagagli? — ha chiesto mio padre. — Non mi dire che la linea aerea li ha persi.

Ho scosso la testa. — Li ho lasciati lì, e anche quasi tutti i vestiti.

— Ma, Alexandria, erano nuovi. Non puoi pensare che corriamo subito a comprartene degli altri...

— Non mi serve niente di nuovo — l'ho interrotto. — Ho già fin troppi vestiti.

Mio padre e mia madre si sono scambiati uno sguardo attonito. Solo a vederli mi stavo per mettere a ridere. Non sapevo come farglielo capire, ma ci avrei provato. Con il tempo.

— Ho io qualcosa che ti serve — ha detto a quel punto mio padre. — Tua madre voleva che aspettassi il tuo compleanno, ma ho pensato che tutto sommato manca solo una settimana.

Ha teso la mano, lasciando ciondolare davanti ai miei occhi una chiave e un portachiavi con il simbolo della Mercedes.

— È una CLK 350... cabriolet... una decappottabile... bianca. Molto elegante, proprio come la ragazza che la guiderà!

Non sapevo cosa dire. Era la macchina che avevo sempre sognato, e ora avevo le chiavi in mano.

— Possiamo passare dal rivenditore la mattina del tuo compleanno! — ha aggiunto papà.

— Quindi... non l'hai ancora presa, giusto?

— Abbiamo firmato le carte ed è tutto pronto, ma la vendita non si considera ultimata fino alla consegna. Perché?

— Mi stavo solo chiedendo... So che sembrerò ingrata... ma dev'essere proprio *quella* macchina?

— Alexandria, so che non è la migliore in assoluto della serie, ma non ti puoi aspettare che spenda ancora più soldi di...

— No, no — l'ho interrotto. — Mi chiedevo se non potessi spendere meno.

— Meno? — hanno esclamato i miei all'unisono e con la stessa aria sconvolta.

Non sarebbero sembrati più confusi nemmeno se avessi parlato in swahili. In realtà non sembravano confusi, piuttosto preoccupati, quasi spaventati.

— Una macchina la voglio davvero — ho detto, al che si sono rilassati un po'. — Solo che non ho bisogno di una Mercedes. Pensavo a una Mustang.

— Credevo che quella fosse la macchina che proprio *non* volevi — ha replicato mio padre.

— A Carmella la sua piace. Costerebbe molto meno, no?

— Circa un terzo della Mercedes — ha risposto lui con una risatina.

— Quindi rimarrebbero un po' di soldi, se ne avessi bisogno.

Papà ha sorriso. Questo sì che lo capiva, questo sì che gli risultava familiare. — A quanti soldi pensavi?

— Be', non so esattamente, pensavo ventimila dollari circa.

— Ventimila dollari?! Ma sono un sacco di soldi da darti così!

— Tuo padre ha ragione, Alexandria.

— No, non capite. Non voglio che diate *a me* nemmeno un centesimo.

— E a chi vuoi che li dia, allora? — ha chiesto mio padre.

— Non a *chi*, ma a *cosa.* A un posto. — Ho fatto una pausa. — È difficile da spiegare, ma ho davvero bisogno che lo capiate... tutti e due.

— Ti ascoltiamo — ha detto papà, e avrei detto che mi stavano ascoltando davvero.

— Sapete, c'è una comunità dove non ci sono ospedali. Hanno bisogno del nostro aiuto... del vostro aiuto... e mi chiedevo se...

NOTA DELL'AUTORE

Ho scritto la maggior parte di questo romanzo durante il mio soggiorno in Kenya insieme a mio figlio Nick. Lì abbiamo trascorso un periodo con un'organizzazione che si chiama Free The Children. Mio figlio aveva raccolto ventimila dollari per una scuola da costruire in memoria di suo zio Peter, morto di cancro. Abbiamo partecipato alla cerimonia inaugurale di quella scuola, e abbiamo collaborato alla costruzione di un'altra.

L'"ossatura" di questo libro è costituita, in gran parte, da episodi che abbiamo vissuto lì, esperienze a cui abbiamo partecipato e cose che abbiamo visto. Renée esiste davvero – anche se nella vita reale ha molto più stile – mentre il personaggio del libro è una combinazione fra lei e Robin, un'altra persona incredibile che lavora per Free The Children. Renée e Robin mi hanno gentilmente dato il permesso di ispirarmi a loro per questo libro.

Il soggiorno in Africa è stata una delle esperienze più strabilianti che abbia mai vissuto. È stato meraviglioso collaborare con un'organizzazione che si dedica a cambiare la vita di giovani di tutto il mondo. Per sapere come collaborare con Free The Children, eccovi il sito: www.freethechildren.com.